EL PLACER DE LA VENGANZA
HELEN BIANCHIN

HARLEQUIN™

Editado por Harlequin Ibérica.
Una división de HarperCollins Ibérica, S.A.
Núñez de Balboa, 56
28001 Madrid

© 2017 Helen Bianchin
© 2018 Harlequin Ibérica, una división de HarperCollins Ibérica, S.A.
El placer de la venganza, n.º 2618 - 2.5.18
Título original: Alexei's Passionate Revenge
Publicada originalmente por Mills & Boon®, Ltd., Londres.

I.S.B.N.: 978-84-9188-070-7
Depósito legal: M-7142-2018
Impresión en CPI (Barcelona)
Fecha impresión para Argentina: 29.10.18
Distribuidor exclusivo para España: LOGISTA
Distribuidor para México: Distribuidora Intermex, S.A. de C.V.
Distribuidores para Argentina: Interior, DGP, S.A. Alvarado 2118.
Cap. Fed./Buenos Aires y Gran Buenos Aires, VACCARO HNOS.

Capítulo 1

DAME unos minutos y después hazla pasar.
Alexei terminó la llamada, se guardó el teléfono en el bolsillo interior de la chaqueta y permaneció en silencio mientras observaba la escena que ocurría tras la ventana tintada.

Vista desde la planta alta de un edificio parecía la imagen de una postal, con el agua azul del puerto contrastando contra un muro cubierto de vegetación que rodeaba edificios de lujo.

Sídney. La emblemática Opera House, y el gran puente del puerto.

Una enorme ciudad cosmopolita que él había abandonado durante una época oscura de su vida.

Una ciudad a la que había prometido volver en otras circunstancias.

Y lo había hecho.

Con un plan.

Un plan que consideraba todos los escenarios posibles.

Cinco años antes, en ese mismo despacho, el dueño de Montgomery Electronics, Roman Montgomery, lo había acusado de tener una aventura amorosa con su hija, Natalya.

Una joven que había disfrutado de la vida de lujo desde el nacimiento. Inteligente, licenciada en Empresariales con Matrícula de Honor, espabilada y contratada por su padre como asistente personal.

Una vida en la que un *don nadie* de treinta años, norteamericano de origen griego, nunca podría ser un rival. Y para más ofensa, Roman Montgomery, se había reído de las honorables intenciones de Alexei, le había entregado un cheque y lo había despedido sin previo aviso, añadiendo que Natalya simplemente se había estado entreteniendo con aquella aventura temporal. A partir de ahí, Natalya ignoró todas las llamadas, mensajes de correo y de teléfono que Alexei le envió, y en pocas horas, él descubrió que ella había cambiado todos sus números y direcciones de contacto y que no figuraban en los listados.

Los guardas de seguridad que permanecían a todas horas en el portal del apartamento de Natalya, garantizaban que Alexei no pudiera entrar. En una ocasión, tras un intento, le dictaron una orden de alejamiento.

Una orden que Alexei no acató... Una locura.

Cuando aparecieron dos agentes de la policía en su apartamento con una orden de detención, él se acogió a su derecho de defensa legal, lo que le aseguró que su detención fuera breve.

La necesidad de desfogarse después de lo que él consideraba que había sido una injusticia, se vio ligeramente satisfecha después de una buena sesión con el saco de boxeo en un gimnasio local. Él todavía recordaba el grito de advertencia de un compañero...

–Eh, tío, ¿pretendes matar a ese saco?

Alexei golpeó el saco por última vez, se quitó los guantes y se dirigió a los vestuarios sin decir palabra.

–Mejor golpear un saco que la mandíbula de Roman Montgomery –murmuró él bajo el chorro de agua caliente de la ducha y antes de darse una ducha

de agua fría para calmarse física, mental y emocionalmente.

En cuestión de días, Alexei tomó un vuelo a Nueva
York y contactó de nuevo con su madre viuda, y sus
dos hermanos en Washington. También trabajó dura-
mente para hacer todo lo que la ley le permitiera, y
algunas cosas que estaban al margen, para establecer
los cimientos de un imperio que pudiera competir con
otros en el mundo de la electrónica.

Y lo había conseguido, superando sus propias ex-
pectativas, y ayudado por un nuevo invento que había
sido muy bien acogido mundialmente y que lo había
convertido en billonario.

El éxito y el dinero que había ganado durante los
últimos cinco años había proporcionado muchas cosas
a Alexei. Tenía propiedades en muchos países, incluyendo un apartamento en París, un viñedo en las monta-
ñas del norte de Italia, un apartamento en Washington,
y una villa en Santorini que había heredado de su abuelo
paterno.

¿Mujeres? Se había acostado con varias... Y a algunas todavía les tenía cariño. No obstante, ninguna
le había robado el corazón.

La hija de Roman Montgomery, entraba en otra
categoría.

Durante cinco años, todo lo que había planificado
y negociado tenía un único objetivo en mente. Apro-
piarse de Montgomery Electronics a través de la filial
australiana de su empresa ADE Conglomerate.

No había escatimado nada para montar la moderna
planta de equipos electrónicos situada en uno de los
polígonos industriales de Sídney, ni tampoco en la
reforma de las oficinas que tenía en la ciudad y que
antes estaban arrendadas a Montgomery Electronics.

La prensa había especulado acerca de la identidad del propietario, y atribuía la quiebra de Montgomery Electronics al delicado estado de salud de Roman Montgomery, a la mala gestión y a la recesión en general.

Se habían revisado los currículums de los empleados y, Marc Adamson, el consejero legal de Alexei estaba preparando todo lo necesario para realizar los contratos.

Entre las empleadas, se encontraba Natalya, la hija de Roman Montgomery.

¿Era una venganza contra el padre de Natalya? Sin duda.

¿Natalya?

La decisión era algo personal.

Muy personal.

Capítulo 2

DESPUÉS de salir del despacho del Marc Adamson, Natalya decidió que la reunión con el Director Ejecutivo era una mera formalidad y recorrió el pasillo con sus rincones estratégicamente situados y decorados con arreglos florales. También había asientos de piel y obras de arte en las paredes.

Una gran mejora si se comparaba con el estilo que su padre había favorecido.

Natalya sonrió. «Nuevo dueño, nuevo ambiente».

Se sentía orgullosa de que le hubieran ofrecido el puesto de asistente personal del nuevo propietario de la empresa. Y, además, el salario era muy generoso.

Le parecía interesante descubrir con cuántos empleados de los que habían trabajado para su padre se habían quedado.

Todavía no habían informado de la identidad del nuevo propietario, pero se rumoreaba que era un millonario que vivía en Norteamérica.

De ser así, ella lo imaginaba mayor de cincuenta años, o quizá más. Suponía que el dinero lo habría heredado de su familia, que sería alto como la media, que posiblemente tuviera barriga y llevara peluquín.

¿Sería alguien dispuesto a cambiarlo todo? ¿O quizá alguien dispuesto a delegar y a pasar tiempo codeándose con la élite de la sociedad?

Fuera lo que fuera, las primeras impresiones eran

claves, y ella trató de no ponerse nerviosa mientras se acercaba al despacho del Director Ejecutivo.

–Hasta el lunes no vamos a estar operativos. Llama a la puerta y entra sin más –eran las órdenes que Marc Adamson le había dado.

De acuerdo, no había problema.

Ella tenía un contrato que mostraba que el puesto era suyo. Solo tenía que sonreír, comportarse como una profesional y relajarse.

¿Qué podía salir mal?

Natalya vio que la puerta del despacho estaba abierta, pero llamó de todos modos. Se fijó en que había muebles de alta calidad, y estanterías a lo largo de una pared.

También había una mesa grande con un ordenador portátil y varios equipos electrónicos. Delante, cuatro sillas de piel colocadas en semicírculo.

Era evidente que aquello reflejaba dinero, buen gusto y poder.

Fue entonces cuando ella se fijó en la silueta masculina que estaba contra una pared de cristal. Era un hombre de anchas espaldas, mentón prominente y cabello oscuro.

Un ejecutivo de unos treinta y tantos años, vestido con pantalones vaqueros de color negro, camisa blanca con el cuello desabrochado y una chaqueta de piel negra, no era la imagen que ella se había hecho del nuevo director ejecutivo.

Alexei tenía ventaja y la empleó sin pensárselo dos veces. Se volvió para mirar a la mujer joven con la que una vez compartió parte de su vida.

Dirigió la mirada de sus ojos negros hacia ella y esperó a que lo reconociera.

Cuando ella lo reconoció, segundos más tarde,

Alexei disfrutó al ver que ella abría bien los ojos, separaba los labios y tragaba saliva, tratando de disimular su expresión.

«¿Alexei está aquí?», pensó ella.

Se sentía incapaz de hablar con coherencia y se sentía como si le hubieran dado un puñetazo en el pecho.

«Respira», se dijo en silencio mientras las emociones la invadían por dentro al pensar en la de veces que había tratado de olvidar las imágenes del pasado que habían compartido.

Demasiadas.

Lo peor eran las noches sin dormir.

Porque era cuando los recuerdos regresaban para cautivarla... La manera en que su sonrisa afectaba a todo su cuerpo, las caricias que le había hecho en la mejilla, provocando que le temblaran los labios. El sabor de su boca y su manera de acariciarla hasta volverla loca de deseo. El calor del brillo de su mirada antes de una relación íntima.

Cinco años más tarde su actitud no mostraba nada de ternura, solo una inflexibilidad que la hacía estremecer.

«¿Qué esperabas? ¿Una reunión romántica?»

«¿En serio?»

«Después de cinco años... ¿Estás loca?»

¿Y cómo era posible que Alexei Delandros hubiera acumulado tanto dinero en cinco años? ¿Tanto como para comprar la empresa que había pertenecido a su padre?

Llevaba una barba de varios días bien recortada que le daba un toque provocador, y su apariencia de hombre duro no encajaba con el hombre que una vez había conocido... Y amado.

Natalya lo miró a los ojos y trató de no desviar la mirada. ¿Un acto de desafío o de orgullo y autocuidado?

Ambas. Decidió.

Alexei miró a Natalya y se fijó en las curvas de su cuerpo, en su cintura y sus caderas estrechas cubiertas por un traje de negocios negro. También en sus piernas esbeltas y en sus zapatos de tacón alto.

Iba ligeramente maquillada, de forma que se resaltaban las facciones de su rostro, sus ojos negros y su boca sensual.

Llevaba el cabello recogido en un moño y él deseó soltárselo para que cayera alrededor de su rostro.

Tenía el aspecto de una mujer profesional.

¿Y dónde estaba la mujer divertida y dinámica que estaba dispuesta a comerse el mundo? La curva de su boca al reír... el brillo de humor de su mirada. El roce de sus labios, algo mágico y sensual.

Alexei arqueó una ceja.

—¿No tienes nada que decir, Natalya?

—Si esto se trata de un juego... —dijo ella, con calma—. Me niego a participar.

Él no esperaba menos, teniendo en cuenta que se había esforzado para ocultarle a los medios la identidad del dueño de la empresa.

Ladeó la cabeza y comentó:

—Prefiero las estrategias deliberadas.

Natalya sintió que la rabia la invadía por dentro, le robaba la capacidad de hablar y provocaba que sintiera ganas de darle una bofetada.

—¿Qué se podía esperar de un hombre como tú?

—No sabes nada acerca del hombre en el que me he convertido.

Era muy diferente al Alexei que ella había conocido. Las imágenes invadieron su cabeza, y eran tan reales que Natalya podía recordar su cuerpo bajo el de él, volviéndose loca de deseo.

Por él, solo por él.

«¡Basta!»

—Siéntate —dijo él.

—Prefiero quedarme de pie

Él ladeó la cabeza y esperó.

—En el contrato que me presentó tu asistente no se mencionaba tu nombre.

—¿Asistente, Natalya? Marc Adamson es el asesor legal de ADE —se apoyó en el escritorio y continuó—. Alexei Delandros Electronics.

—En el contrato que firmé no figuraba claramente —sacó el documento de la cartera y lo rompió antes de tirarlo sobre el escritorio de Alexei.

Deseaba hacerle daño. Igual que él le había hecho daño a ella al desaparecer de su vida. Días en los que apenas podía funcionar, noches donde no podía dormir hasta el amanecer.

Semanas preguntándose por qué podía haberse marchado sin avisar.

Un acto inexplicable que se agravó cuando una mañana ella se despertó con náuseas y tuvo que correr al baño. El segundo día que sintió náuseas descartó que le hubiera sentado mal la comida. Al final, la prueba de embarazo le confirmó la realidad. Habían utilizado protección en todo momento, entonces, ¿cómo había podido ser? Ella recordó que una noche el deseo había anulado al sentido común. No podía ser cierto.

Aunque tres pruebas de embarazo después, ya no tenía ninguna duda.

Las imágenes del tiempo que habían compartido, la alegría del amor y los planes de futuro... Después, nada. Era como si Alexei hubiera desaparecido sin más.

La energía que ella había invertido en buscarlo sin éxito. Su carpeta como empleado en Montgomery Electronics había sido borrada, pero ella no sabía por qué.

Parecía como si él hubiese querido desaparecer, pero ¿por qué motivo?

Ella había pasado noches enteras sin dormir, en busca de una respuesta... Cualquier respuesta. Y únicamente para encontrarse con algunos escenarios que no encajaban con el hombre que ella pensaba que conocía tan bien.

¿Estaba desesperada por encontrar al padre de la criatura que llevaba en el vientre cuando él había hecho lo posible por desaparecer? ¿Y si ella conseguía retomar el contacto? ¿Querría luchar con él por la custodia compartida?

Después de buscar confirmación médica acerca del embarazo, decidió llevarlo a término. La única persona en la que podía confiar era su madre, aunque debía encontrar las palabras adecuadas y el momento adecuado.

Todo eso para que a las seis semanas de embarazo sufriera un aborto no deseado.

El feto no estaba desarrollándose de forma adecuada.

Según la opinión del médico, en caso de que tuviera un segundo embarazo tendría que hacerse pruebas de sangre durante el primer trimestre y estar muy controlada. Al ver que Natalya no encajaba muy bien la noticia, Ivana decidió comprar unos billetes para pasar diez días de vacaciones en Queensland's Hamilton Island.

Compartieron un apartamento con vistas al mar, disfrutaron de los restaurantes y tuvieron tiempo para relajarse con todo lo que el lugar tenía que ofrecer. Incluyendo masajes, y tratamientos terapéuticos en el spa.

El sol, la brisa cálida, las playas idílicas. Unas vacaciones curativas que fortalecieron la relación madre-hija.

–Te quiero, cariño –Ivana abrazó a su hija mientras el taxista sacaba la maleta del maletero–. ¿Estás segura de que no quieres que entre contigo?

–Estoy bien. De verdad –le había asegurado Natalya, consciente de que cuando retomara su trabajo, su vida volvería poco a poco a la normalidad.

Y así había sido.

Los recuerdos la invadieron provocando que sintiera rabia. Se puso en pie y señaló los papeles rotos que estaban en el suelo del despacho de Alexei.

–Ni un sueldo de un millón de dólares me convencería para trabajar para ti.

Su expresión era indescifrable. Al cabo de unos instantes, Alexei arqueó una ceja y preguntó:

–¿Has terminado?

Alexei reconocía que tenía mucho valor.

–Sí.

Natalya se volvió para marcharse y él esperó hasta que llegó a la puerta para decir.

–Te sugiero que cambies de opinión.

Se fijó en que se ponía tensa, respiraba hondo y se volvía para mirarlo.

Natalya se percató de que estaba muy sexy. Sus ojos oscuros reflejaban frialdad, y no ternura, como ella los recordaba. Las líneas de vida de sus mejillas parecían un poco más profundas y los labios que la habían besado de forma apasionada, estaban apretados y con expresión seria.

Su espalda... ¿Siempre había sido tan ancha? Su cabello era tan sedoso que ella deseaba alborotárselo. Recordaba la promesa de sus ojos, y la manera en que él había capturado su boca, su corazón... Su alma.

En el pasado.

No obstante, le costaba admitir que todavía le resultaba doloroso.

Lo había superado. Por supuesto.

Alexei Delandros pertenecía a una etapa pasada de su vida. Una etapa a la que no pensaba regresar. El único motivo por el que seguía frente a él era el orgullo. Todo su cuerpo le indicaba que se marchara, entonces, ¿por qué no lo hacía?

Porque era la salida fácil. Y eso no le gustaba.

Natalya alzó la barbilla y lo fulminó con la mirada.

—Por lo que a mí respecta, puedes tirar el contrato.

—A lo mejor prefieres dejar abiertas las opciones.

Natalya no dejó de mirarlo a los ojos.

—Por favor, no dudes en explicarme por qué debería hacerlo.

Los valores familiares siempre habían sido su punto fuerte. Y él lo había admirado, hasta que investigó en el negocio del padre de Natalya y en su vida privada y descubrió varias discrepancias que confrontaban la imagen que Roman Montgomery trataba de ofrecer.

¿Natalya era consciente de las actuaciones de su padre? Probablemente no, teniendo en cuenta que Roman siempre buscaba cobertura.

No tenía sentido disfrazar los hechos, y tampoco tenía ganas de suavizar sus palabras.

–Mi departamento de contabilidad ha descubierto un plan elaborado que engloba varias cuentas ficticias en paraísos fiscales que creó tu padre para transferir de manera ilegal los fondos de la empresa Montgomery.

Alexei se fijó en que lo miraba con incredulidad.

–No es posible que mi padre cometiera fraudes.

–¿Estás segura?

–Daría mi vida por ello –comentó Natalya, ignorando la carpeta que Alexei extendía hacia ella.

–Te sugiero que examines los documentos.

–¿Y si decido no hacerlo?

Alexei la observó mientras pasaba un dedo por encima de la carpeta. Se fijó en sus mejillas sonrosadas y en el brillo de su mirada defensiva y casi sintió lástima por ella.

Casi.

–El informe detalla las fechas, los números de cuenta y todo lo que hizo para evitar que lo pillaran.

Natalya lo miró y dejó el informe sobre la mesa.

–No hablas en serio.

Se hizo un tenso silencio mientras ella se negaba a desviar la mirada. En el caso de que realmente el informe fuera muy preciso, la pregunta era qué pretendía hacer Alexei con él.

Con suerte, los detalles revelarían que los fraudes se habían cometido sin el conocimiento de su padre.

Y si no... No estaba preparada para darle credibilidad a esa idea.

–Lee el informe.

Ella agarró el informe y lo abrió. Lo primero que vio fue el nombre de la empresa que había recopilado la información y reconoció que era una de las más conocidas y con mejor reputación del mundo.

Sintió un nudo en el estómago y respiró hondo antes de ponerse a mirar las cifras y las fechas, y a medida que pasaba las páginas, su nerviosismo aumentaba. Estaban detalladas todas las entradas de una elaborada red de cuentas bancarias.

Un camino iniciado bajo las instrucciones de Roman Montgomery.

Y que ascendía a millones de dólares.

Natalya necesitaba sentarse. Era como si se le hubiera detenido el corazón al tratar de asimilar la realidad.

Si el informe llegara a manos de las autoridades, su padre sería acusado de evasión de impuestos y, probablemente, condenado a pena de cárcel.

Era increíble.

Ella levantó la cabeza y miró a Alexei con incredulidad.

—Hay más.

Natalya lo miró con fuego en los ojos.

—¿Cómo es posible que haya más?

Alexei se giró, recogió otra carpeta y se la dio.

Ella se puso tensa y miró los detalles. Las fotos indicaban que Roman Montgomery había llevado una doble vida desde hacía años.

Tenía un apartamento en París donde vivía una amante. Otro apartamento en Londres, donde vivía una segunda amante. A ambas mujeres las mantenía Roman, y las visitas que les había hecho coincidían con los viajes de negocios que había hecho a ambas ciudades.

Las escrituras de ambas propiedades se ocultaban bajo una lista de empresas subsidiarias, que al final terminaban señalando a un hombre... su padre.

La incredulidad, el asco y la rabia, la invadieron por dentro.

La pregunta era por qué Alexei Delandros había contratado detectives para ahondar en la vida personal y de negocios de Roman Montgomery.

¿Para qué invertir tanto tiempo, esfuerzo y dinero?

¿Para hacer qué?

¿Chantaje?

¿A su padre? ¿A ella?

Natalya tuvo que esforzarse para mantener la calma a pesar de que deseaba lanzar las carpetas sobre el escritorio, salir al ascensor, dirigirse al aparcamiento y salir de allí con un chirriar de ruedas.

No era la mejor idea, pero resultaría satisfactoria. Suponiendo que fuera capaz de mantener el control y de no estrellarse.

–¿Qué pretendes hacer con esta información?

Alexei la miró pensativo.

–Eso depende de ti.

La única reacción aparente fue que Natalya entornó los ojos y que en la base de su cuello comenzó a notársele el pulso.

Alexei recordó las numerosas ocasiones en las que él le había besado la base del cuello antes de besarla en la boca de forma apasionada. Natalya solía responder con un gemido que provocaba que él comenzara a mordisquearla con delicadeza.

De pronto, notó que su cuerpo reaccionaba. Blasfemó en silencio y se cambió de postura, aprovechando para sacar un documento y un bolígrafo del escritorio y acercárselo a ella.

Natalya lo miró con furia al reconocer una copia del contrato que ella acababa de destruir.

–No tengo intención de firmar un documento que represente a cualquier empresa que lleve tu nombre.

–¿Es tu decisión definitiva?

–Sí.

–Quizá quieras considerar las consecuencias de que presente la información que tengo sobre tu padre a las autoridades pertinentes y los medios de comunicación.

¿Sería capaz de hacerlo?

La respuesta estaba presente en su gélida mirada, y Natalya pensó en el impacto que la noticia tendría en la vida de sus padres. Y en su madre, una vez que se conociera que Roman le estaba siendo infiel.

–¡Bastardo! –dijo con rabia.

–Ese lenguaje –la regañó Alexei.

Durante un instante, ella deseó hacerle daño físico.

El silencio invadió la habitación.

–Ha llegado el momento de decidir, Natalya.

–Debo considerar mis opciones.

–Hay dos opciones –la miró de arriba abajo–. O firmas, o no –hizo una pausa–. Así de sencillo.

Las infidelidades de su padre expuestas al público. Y peor aún, mucho peor... la humillación de su madre y su sufrimiento.

No podía hacerle eso a una mujer adorable que no merecía que la denigraran.

Natalya fulminó a Alexei con la mirada y apretó los dientes con frustración al ver que él no reaccionaba.

–Dame los malditos papeles.

Segundos más tarde se los quitó de la mano y comenzó a leer las cláusulas, prestando atención a que no hubiera cambiado nada del contrato inicial.

Todo estaba muy detallado. Como secretaria personal, ella tendría que estar disponible veinticuatro horas, siete días a la semana, dispuesta a acompañarlo en viajes de negocios dentro de Australia o al extranjero. El contrato sería válido para un año, y renovable por acuerdo mutuo.

De pronto, un año le parecía mucho tiempo.

–Quiero renegociar que el contrato inicial sea de tres meses.

–No.

–¿Venganza o chantaje? ¿Cuál es tu intención?

–Ninguna de las dos.

¿Esperaba que él la creyera?

–Ya, y la luna es una bola de queso azul –contestó ella, antes de respirar hondo–. ¿Y qué garantía tengo de que no lo harás público?

Alexei la miró con frialdad.

–Mi palabra.

–No es suficiente.

–Los documentos originales están en una caja de seguridad del banco.

–¿Y las copias?

–Se llevarán a la caja de seguridad en cuanto hayas firmado el contrato de empleo.

–Pediré un certificado del banco para confirmarlo.

–Hecho –contestó él, y le tendió un bolígrafo.

Ella dudó unos instantes antes de aceptarlo.

–Para que lo sepas... Te odio.

–Un sentimiento que puede ser interesante para una relación –comentó con calma.

–Una relación de negocios –afirmó ella, antes de plasmar su firma en el contrato.

Tras observar que él también firmaba, se levantó y salió del despacho para dirigirse al ascensor.

Alexei estaba jugando duro, ¿y esperaba que ella cumpliera su parte resignada?

La cumpliría.

No le quedaba más opción.

Pero ¿resignada?

Desde luego que no...

Capítulo 3

NATALYA entró en su casa y saludó a Ollie, su gato. Lo abrazó y se rio al oírlo maullar mientras se dirigía a la cocina.

–Está bien. Ya lo sé. Es la hora de cenar –se quitó los zapatos de tacón, dejó el bolso en la encimera y se dirigió a la despensa.

–¿Pollo o pescado?

Ollie restregó la cabeza contra la barbilla de Natalya y comenzó a ronronear.

–Pollo –decidió ella. Sacó la lata, la abrió y sirvió la comida en el plato de Ollie–. Ahí tienes.

Su apartamento era uno de los dos que había en una casa familiar reformada, en un barrio de lujo con vistas a un pinar que recorría el paseo marítimo.

La casa la había heredado tres años antes por parte de su abuela materna, y estaba en lo alto de una colina con vistas a la bahía y a los barrios vecinos.

La habían convertido en dos bonitos apartamentos, y ella le alquilaba uno de ellos a un inquilino responsable. El lugar era una buena inversión y Natalya podía disfrutar de un lugar donde no tuviera recuerdos del tiempo que había compartido con Alexei.

Excepto a partir de su vuelta.

Encendió el televisor y buscó un programa que pudiera distraerla un poco.

Quedarse en casa había sido su elección. No era

una mujer extremadamente sociable, pero tenía algunas amigas con las que disfrutaba y le gustaba ir al teatro, al cine, o a actos benéficos. También solía ir a un polideportivo que tenía piscina climatizada y diversos gimnasios. Aunque en aquellos momentos nada de eso la atraía.

Deseaba darse una ducha, ponerse ropa cómoda y leer la copia del contrato con mucha atención, por si descubría alguna irregularidad.

Una hora más tarde, dejó el contrato a un lado, consciente de que estaba redactado con mucho cuidado.

Comer era un requisito, y después de picotear algo sin mucho apetito, se sentó de nuevo frente al televisor y eligió un programa que resultaba que ya había visto.

¿Qué más podía hacer? ¿Llamar a una amiga? ¿Por Skype? ¿Hojear una revista?

No solía ser una persona indecisa, así que optó por meterse en la cama con un buen libro. Ollie ladeó la cabeza, como cuestionando el cambio de rutina de su dueña, y se subió a la cama al ver que Natalya se acostaba.

Media hora más tarde, Natalya era incapaz de centrarse en la lectura y no podía dejar de repasar los eventos del día. Finalmente, abandonó, apagó la luz y trató de dormir... Sin éxito.

De pronto, el recuerdo la transportó hasta seis años atrás, cuando conoció a Alexei por primera vez. Ocurrió en una fiesta de fin de año para los empleados de la empresa que tenía su padre y que se dedicaba a la fabricación de componentes electrónicos.

Alto, de cabello oscuro, y muy atractivo, él permanecía apartado de los otros hombres. Durante unos instantes, ella se encontró incapaz de mirar hacia otro lado y él se giró como atraído por su presencia.

Durante unos instantes, ella percibió la mirada de sus ojos oscuros, antes de que él volviera a prestarle atención a la mujer que tenía a su lado.

Ella podría haberse acercado a él y presentarse. No obstante, en esos momentos, uno de los empleados de su padre se acercó a ella para presentarle a su hijo, así que, cuando terminaron de saludarse, Alexei ya no estaba por ningún lado.

«Una lástima», pensó ella, consciente de que probablemente no lo volvería a ver.

Sin embargo, días más tarde se lo encontró en un supermercado cuando se disponía a hacer la compra. Estaban en el mismo pasillo. Se miraron e intercambiaron una sonrisa. Después, Alexei se presentó y Natalya hizo lo mismo. Acabaron tomando café e intercambiándose los números de teléfono. A continuación, entablaron una relación especial. Estaban tan compenetrados que apenas habían necesitado las palabras. Solo el roce de la mano de Alexei, su cálida sonrisa, el sabor de su boca mientras capturaba la suya. La fuerza de su cuerpo provocaba que se transportara a un lugar erótico y exquisito.

Ella se sentía feliz... viva, en cuerpo y alma. En su corazón, sabía que estaban destinados a compartir el resto de la vida.

Hasta que una mañana despertó y se encontró sola en su apartamento, sin una nota explicativa, ni un mensaje en su teléfono.

—El número marcado no existe —comentaba un contestador cuando ella lo llamaba. Y después se enteró de que el ya no trabajaba para la empresa de su padre.

Cinco años sin ningún tipo de explicación.

Para ella, Alexei había desaparecido de la faz de la tierra. Y era evidente que no quería que lo encontraran.

De pronto, había regresado. No el hombre que ella había conocido y creído que amaba, sino un desconocido duro y decidido que estaba dispuesto a vengarse y a destruir a su padre empleándola a ella como herramienta.

Chantaje... Esa era la palabra que describía aquella situación.

Ella necesitaba descargar su enfado.

Limpió su apartamento de arriba abajo. Después, se dirigió a la pista de squash y golpeó la pelota una y otra vez contra la pared, imaginando que apuntaba al cuerpo de Alexei cada vez.

Era una venganza contra su imagen, por haberse adentrado en el mundo de sus sueños, provocándole vívidos recuerdos que ella creía haber olvidado hacía mucho tiempo.

–¿Por qué estás tan agresiva?

«Oh, cielos», pensó Natalya antes de volverse hacia su compañero de pista.

–Ha de haber un motivo –Aaron la miró fijamente–. Cuéntamelo.

Uno de los inconvenientes de una buena amistad era que se conocían demasiado bien.

Se habían conocido en un acto social que había organizado su padre. Aaron era socio de un gabinete de abogados y el hijo mayor de una familia adinerada. Se le consideraba un buen partido, y solo algunas personas cercanas a él sabían que mantenía una relación sentimental con una persona de su mismo sexo.

–Nada que no pueda manejar –le aseguró Natalya al salir de la pista.

Aaron era empático y siempre la había apoyado cuando ella lo había necesitado.

–Cena conmigo esta noche –le propuso él.

La invitación era tentadora, pero ella dudó unos instantes mientras recogía una toalla limpia del montón que había junto a las taquillas.

–Reservaré y te recogeré a las siete –sonrió–. Luego, si quieres, me cuentas lo que te pasa.

Natalya no podía contárselo. No quería reconocer lo mucho que le afectaba la presencia de Alexei. Ni compartir esos recuerdos tan vívidos que parecían reales.

Mantuvieron una conversación animada y disfrutaron de una rica comida, de un poco de vino y del ambiente relajado de una buena amistad.

Había sido una velada agradable y Natalya se lo agradeció a Aaron cuando él la dejó en la puerta de su casa.

Sorprendentemente, Natalya durmió bien aquella noche. Nada más despertarse, se puso la ropa de deporte y salió a correr.

Después de una buena ducha, se vistió, se comió una manzana y se dirigió al centro comercial para hacer unas compras.

De camino a comer a casa de sus padres, Natalya no pudo evitar cuestionarse qué parte era verdad y cómo su padre había conseguido engañarlas tan bien. No recordaba ningún incidente que indicara que el matrimonio de sus padres no fuera uno bien avenido. Aunque su padre sí había tenido que irse a un par de reuniones, en Londres y en París, donde no había necesitado su presencia como asistente personal.

De pronto, recordó que su padre se había tomado

tiempo libre para darse un masaje e ir de compras. Y también que había asistido solo a reuniones de negocio.

¿Cómo había sido tan ingenua?

¿Y su madre lo sospechaba?

Lo dudaba, teniendo en cuenta que Roman había buscado la coartada perfecta al contratar a Natalya como su asistente personal, asegurándose de que ella lo acompañara a sus viajes de negocio.

Se sentía rabiosa por el hecho de que su padre las hubiera engañado. Por un lado, deseaba enfrentarse a él y preguntarle cómo había podido arriesgar su matrimonio de esa manera.

«Tranquila», pensó Natalya mientras aparcaba frente a la casa de sus padres.

Sonríe, charla, y haz como si nada hubiera cambiado.

Excepto que todo había cambiado, y el esfuerzo de tratar de disimular afectaba a su apetito.

Fue durante el postre cuando le preguntaron por sus planes futuros.

–Cariño –Ivana se dirigió a ella con interés–, ¿vas a tomarte un descanso antes de optar a otro puesto?

–Por desgracia, no me tomaré ningún descanso –consiguió decir con una sonrisa.

–¿De veras? –preguntó su madre como decepcionada–. Esperaba que pudiéramos compartir tiempo de chicas. Salir a comer, ir de compras. Darnos un masaje, ir a hacernos la manicura...

–¿Para quién vas a trabajar? –preguntó Roman.

No había una manera fácil de dar la noticia, así que diría la verdad y esperaría la inevitable respuesta.

Natalya miró a su padre con calma y dijo:

–Para ADE Conglomerate.

–¿Pretendes trabajar para la empresa que ha comprado la mía? –preguntó el padre con dureza.

–¿Hay algún problema?

–¿Eres consciente de quién es el director?

–Me entrevistó un representante legal –contestó ella. Al fin y al cabo, al principio había sido así–. ADE Conglomerate pertenece a Alexei Delandros.

–¿Delandros? –Roman puso una expresión de rabia e incredulidad–. ¿Alexei Delandros? ¿En qué diablos estás pensando?

«En mi madre...», pensó ella, pero no dijo nada.

–Me hizo una oferta que no podía rechazar.

–¿Cómo has podido plantearte trabajar para Delandros?

«Porque no hay alternativa».

–¿En qué cargo?

–Como secretaria personal.

Roman la miró con incredulidad y pegó un puñetazo a la mesa.

–Voy a llamar a mi abogado.

–Y te confirmará que el contrato se firmó sin coacción y que por lo tanto es completamente válido.

–Espero que sepas lo que estás haciendo –le advirtió él.

Ella lo miró unos segundos. Después dejó el tenedor de postre y apartó el plato. La idea de comer otro bocado la hacía sentir enferma.

Por lo que ella recordaba, siempre se había sentido orgullosa de pertenecer a una familia unida.

De pronto se había visto obligada a reconocer que el padre al que había adorado no era el hombre que ella pensaba que era, y el dolor de la traición era casi dolor físico.

Deseaba marcharse antes de decir algo que después no pudiera rectificar.

Una hora más y podría marcharse.

Natalya se tomó el café y aceptó la invitación de Ivana para mostrarle el jardín.

Ambas salieron de la casa y dejaron a Roman tomándose un brandy y fumándose un puro.

—Cariño, estoy preocupada por ti —dijo Ivana mientras paseaban por el jardín—. Tener que vender Montgomery Electronics ha sido un golpe muy duro para el orgullo y la autoestima de tu padre —añadió—. No le resulta fácil asimilar que tendrá que depender del dinero y de las inversiones que he heredado de mi difunta madre.

La abuela de Natalya había mostrado su rechazo a Roman Montgomery desde un principio y se había opuesto al matrimonio, asegurándose además de que todos los bienes que le correspondían a Ivana pasaran directamente a Natalya.

Natalya adoraba a su *babushka*, las visitas que le hacía regularmente, su risa y su carácter alegre, las historias de su infancia en otro país, las costumbres de otra cultura... la división entre la riqueza y la pobreza.

Ivana agarró la mano de Natalya y se la llevó a los labios.

—¿Te resultará difícil trabajar para Alexei?

—Ya no soy la chica enamorada de hace cinco años, mamá —le recordó Natalya.

—Quizá no, pero...

—He madurado.

—Eso espero —opinó Ivana—. Por tu bien.

—Estoy bien —Natalya besó a su madre en la mejilla.

Continuaron paseando por el jardín y admirando

las plantas y el aroma de las flores. Al llegar al BMW plateado que estaba aparcado en la entrada, Natalya se sintió aliviada.

—Cariño, pasa y tómate algo de beber.

—En otro momento, mamá. Si no te importa.

—¿Vas a marcharte tan pronto?

—Tengo un nuevo trabajo —dijo ella—. Tengo que revisar mi armario, mi ordenador, y acostarme pronto —se inclinó y abrazó a su madre—. Te quiero. Gracias por la comida —abrió el vehículo—. Te llamaré durante la semana —se sentó al volante, arrancó y se despidió lanzando un beso.

«No ha sido la comida más agradable», pensó Natalya mientras conducía hacia su casa.

El día siguiente sería mucho peor.

Trabajar con Alexei Delandros era lo que menos le apetecía hacer. ¿Cómo podía prepararse para encontrarse con su peor enemigo?

Peinada a la perfección, vestida con elegancia, bien maquillada y con zapatos de tacón alto... mostrando profesionalidad y seriedad.

Por la mañana, Natalya se incorporó al tráfico de la ciudad y se dirigió al aparcamiento de ADE Conglomerate, tratando de calmar sus nervios mientras subía en ascensor.

Había trabajado como secretaria personal para su padre durante muchos años y sabía lo que implicaba el puesto. Era evidente que tendría que adaptarse, pero ¿le resultaría muy difícil?

Capítulo 4

NATALYA entró en la recepción de ADE y se encontró con una mujer joven que la saludó enseguida.

—¿Natalya? —le tendió la mano y Natalya aceptó.

—Me llamo Marcie —sonrió la mujer—. Te acompañaré a tu despacho.

Era una sala amplia muy bien equipada.

—Louise es tu asistente, y su despacho está a la derecha, separado por una sala compartida. Te la presentaré cuando terminemos con la visita. Alexei está en la fábrica hoy, Su despacho está a la izquierda y se puede acceder desde el despacho de su asistente, atravesando la sala que comparten.

«El día va mejorando», pensó Natalya.

Después de terminar la visita, Marcie acompañó a Natalya a su despacho.

—Te daré un resumen de la agenda de Alexei para las próximas semanas, y te contestaré a todas las dudas que tengas antes de marcharme para tomar el vuelo de regreso a los Estados Unidos.

Después de ver la agenda de Alexei, Natalya se preguntó cuándo dormía.

No fue una buena idea, porque enseguida se preguntó si compartiría la cama con alguien.

«¿Qué más te da?»

«Lo odias».

–Te he impreso algunas notas que pueden resultarte útiles –le dijo la mujer con una sonrisa–. Estoy segura de que estarás bien.

Natalya estaba segura de que estaría bien, aunque muriera por ello. No permitiría que Alexei Delandros encontrara fallos en su manera de trabajar.

Y en cuanto a su corazón... se había autoimpuesto protegerlo. Para tratar de recuperarse había retomado la vida social e incluso había coqueteado un poco, si sonreír, y mantener conversaciones interesantes podía contar como tal.

¿Alguien se había dado cuenta de que había tratado de reparar su corazón roto para que nadie pudiera partírselo de nuevo? Ella había creído que lo había conseguido, hasta que unos días antes Alexei Delandros reapareció en escena y todo se derrumbó.

Él se había aprovechado de los errores de su padre para colocarla entre la espada y la pared.

Maldita sea.

¿Quería jugar duro?

Entonces, ella también jugaría.

–¿Te parece bien?

La pregunta de Marcie provocó que Natalya volviera a la realidad.

–Sin problema –al menos pensaba que era así

Además, ella conocía bien el negocio de la electrónica. Tenía los números de los contactos de su padre en el teléfono y los correos electrónicos en el ordenador.

No podía ser muy difícil o diferente.

Diferente sí. Natalya lo descubrió al día siguiente por la mañana, al entrar en las oficinas de Alexei Delandros Electronic.

No había rastro del ambiente relajado al que se había acostumbrado durante el tiempo que trabajó con su padre. La sonrisa habitual de la recepcionista brillaba por su ausencia y su expresión era más bien de agobio. Cuando Natalya la miró arqueando una ceja en silencio, ella hizo un círculo con los ojos.

Alexei Delandros estaba en el edificio y era evidente que trataba de que todos los empleados trabajaran buscando alto rendimiento.

Todo indicaba que ella debía sonreír y dirigirse a su despacho... Sin embargo, se detuvo a charlar un momento.

La buena relación entre compañeros siempre había sido algo importante durante el mandato de Roman Montgomery.

En ese momento, sonó su teléfono y ella contestó. Era la secretaria de Alexei.

–Natalya. El señor Delandros te espera en su despacho.

Era evidente que era una orden encubierta.

–En dos minutos –advirtió ella con paciencia, y se despidió de la recepcionista para marcharse por el pasillo.

Se detuvo brevemente en su despacho para dejar el bolso y el ordenador, recogió su iPad, respiró hondo y llamó a la puerta del despacho de Alexei.

Era capaz de hacer aquello, y por mucho que deseara que todo fuera de otra manera, no cambiaría nada.

La teoría era sencilla, pero la práctica se complicaba porque bastó con que mirara a Alexei para que se le acelerara el corazón y una intensa sensación se instalara en su vientre.

Era como si su cuerpo no estuviera en sintonía con

su cerebro. Y, desde luego, su sonrisa no se alteró cuando vio que él tenía una expresión impenetrable.

Ni su traje oscuro, la camisa azul marino o la corbata de seda que llevaba, contribuían a suavizar su imagen de depredador.

Si eso era lo que Alexei pretendía, lo había conseguido.

«Muéstrate fría y profesional», se recordó.

–Buenos días.

Él arqueó una ceja.

–¿Tu retraso se debe a un error?

Natalya miró el reloj. Eran las ocho y tres minutos.

–Mi hora de entrada es a las nueve.

–Veo que no has mirado tus mensajes en el teléfono, ni en el ordenador.

Ella los había mirado la noche anterior.

–Has de estar en contacto veinticuatro horas al día, siete días a la semana –le recordó Alexei–. Está en el contrato y te lo comentaron en la entrevista del viernes.

A pesar de que ella intentaba mostrarse como una secretaria excelente, y se mostraba educada delante de otras personas, cuando estaban a solas, todos los intentos eran en vano.

Ella era algo más. Alexei se fijó en su aspecto. En su moño delicado, en su maquillaje perfecto, en el color rojo de sus labios, que hacía juego con la chaqueta que llevaba sobre una falda negra.

Él tenía ganas de alterar su compostura, de descubrir lo que había bajo aquella pose de profesionalidad. ¿Y después qué? ¿Hacerla enfadar?

Su cuerpo reaccionó al instante. Deseaba atraerla hacia sí y besarla de manera apasionada para recordarle lo que habían compartido.

¿Con qué fin? ¿Para acabar entre las sábanas disfrutando de sexo apasionado? ¿Solo para satisfacer un deseo?

Era evidente que él la inquietaba. Alexei consideraba un requisito indispensable que hubiera atracción y deseo mutuo para mantener relaciones sexuales.

Con Natalya tenía la sensación de que faltaba algo. ¿Y solo ella se lo podía ofrecer?

Necesitaba paciencia. Y tiempo... Tiempo tenía mucho.

–Siéntate –le indicó Alexei–. Te mostraré la agenda del día.

Natalya suspiró y comenzó a apuntar las citas y las llamadas que tenía que hacer, dos reuniones por la tarde... y una comida con un socio.

–Reserva una mesa para la una –le ordenó Alexei, nombrando un restaurante con vistas al puerto y conocido por su excelente cocina.

–Llama a Paul, mi chófer, y dile que me espere en la puerta a las doce cuarenta y cinco –no dejó de mirarla ni un instante–. Por supuesto, me acompañarás.

¿No había asistido con su padre a muchas comidas de negocios? Entonces, ¿por qué ese iba a ser diferente? Lo miró con profesionalidad.

–Sería de utilidad si me dijeras con quién nos vamos a reunir.

–Con Elle Johanssen y su secretaria personal.

Natalya mantuvo una expresión serena. Eleanor, o Elle, como insistía en que la llamaran, tenía fama de ganar costase lo que costase.

¿Elle Johanssen, la famosa manipuladora, haciendo negocios con Alexei Delandros?

Una mujer con la que Roman Montgomery no había querido hacer negocios después de un episodio en el que lo humilló públicamente.

Aquella comida iba a ser interesante.

«Puedo hacerlo», trató de convencerse Natalya horas más tarde cuando se montó en el ascensor con Alexei para dirigirse a la planta baja.

Entonces, ¿por qué era consciente de cada respiración y de lo alterada que estaba?

Él irradiaba masculinidad, demasiada como para que una mujer lo pudiera ignorar. Y sobre todo ella, que sabía lo que era que él la poseyera. Un paraíso sensual...

Incluso en aquellos momentos, cuando tenía motivos suficientes para odiarlo, él todavía tenía la capacidad suficiente para afectar sus sentimientos.

Cinco años... Un tiempo durante el que ella había tratado de convencerse de que se había olvidado de él... Desaparecido como la niebla bajo los rayos del sol.

No era nada bueno.

Decía mucho acerca de su capacidad para sobrevivir.

Y solo era el segundo día de trabajo.

«Trágate los nervios».

Y eso hizo. Aunque en un momento dado, Alexei le indicó que compartieran el asiento trasero de la limusina.

¿Era un plan para ponerla más nerviosa?

¿Quién podía asegurarlo?

Podría darle vueltas y vueltas y no llegar a ninguna conclusión, así que, ¿para qué intentarlo?

La clave estaba en seguir las normas, ser una secretaria perfecta durante las horas laborales, simpática y profesional, y sobre todo en no mostrarle ni una sola grieta en la armadura que protegía su estado emocional.

Natalya entró en el restaurante junto a Alexei. El maître los saludó y los guio hasta su mesa.

No al bar, que siempre había sido el lugar preferido de su padre para comenzar. El lugar donde Roman suministraba alcohol a sus invitados antes de acompañarlos a la mesa, donde pedía vino bueno sin importarle el precio. A esas alturas, los negocios habían pasado a un segundo plano.

Elle Johanssen entró cinco minutos más tarde, ofreció una falsa sonrisa, se disculpó brevemente y se sentó en la silla que le ofrecía el camarero. Al instante, tomó el control y pidió vino.

«Un tiburón hembra mostrando los dientes», pensó Natalya, permaneciendo alerta y dispuesta a observar el encuentro entre dos titanes de los negocios, ambos dispuestos a ganar.

Tras un poco de vino, que no sirvió para suavizar las tácticas de Elle, comenzó la negociación.

Resultaba interesante observar. Alexei simplemente escuchaba mientras Elle mencionaba las condiciones y las declaraba no negociables... solo para ponerse a la defensiva cuando Alexei subestimó cada una de ellas antes de mencionar sus propias condiciones.

Punto muerto.

—Eres nuevo en la ciudad —comentó Elle altivamente.

—Pero no en el mundo de los negocios —replicó Alexei.

—Mis condiciones no pueden mejorarse.

—Discrepo —comentó Alexei, arqueando una ceja.

—¿De veras? ¿Quién podría hacerlo? ¿Una empresa que empleara a un superior para conseguir el acuerdo y después le pasara al cliente con un miembro del equipo mucho menos cualificado?

–No.

Natalya vio que Elle entornaba los ojos. ADE Conglomerate era una gran empresa. Tener a Alexei como cliente sería un tanto a favor de aquella mujer.

–Entonces, no hay nada más que decir.

Alexei se encogió de hombros.

–Eso parece.

El camarero les sirvió los entrantes y todos comieron en silencio.

¿Sería esa la última etapa de la negociación? ¿O quién iba a ceder?

Natalya estaba dispuesta a apostar que lo haría Elle, teniendo en cuenta que era Alexei quien tenía el poder.

Durante la mayor parte de la comida la conversación giró en torno a la economía mundial, un tema en el que tanto Alexei como Elle estaban bien informados.

Ninguno pidió postre y Alexei decidió no alargar la reunión tomando café y diciendo que habían terminado.

¿Eso era todo?

Increíble.

Alexei indicó que Natalya se ocupara de la cuenta con la tarjeta de ADE y, después de pagar, ella lo siguió fuera del restaurante y vio que la limusina los esperaba en la puerta.

Fue entonces cuando Elle se acercó a él.

–Dile a tu abogado que me envíe una copia de tus condiciones.

–No tiene sentido.

–Estoy dispuesta a considerar algunos ajustes.

«¿De veras?», pensó Natalya y notó la mano de Alexei sobre la espalda. En ese momento, Paul abrió la puerta trasera de la limusina.

Alexei no hizo ningún otro comentario y se sentó junto a Natalya en el asiento trasero del coche antes de darle instrucciones a Paul.

–¿Jaque mate? –preguntó Natalya con cinismo.

El miércoles por la mañana recibieron una carta de Elle Johanssen con una lista modificada de las condiciones de Alexei. Todas menos tres cláusulas de poca importancia, habían sido aceptadas.

–Devuélvelo al remitente –dijo Alexei después de observar el documento–. Adjunta una carta rechazando las modificaciones y confirmando que ADE ya no requiere sus servicios.

Natalya escribió las palabras importantes en su iPad, lo miró y vio que él arqueaba las cejas.

–Las tres cláusulas no son relevantes.

–Que yo sepa no te he pedido opinión.

¿Era su imaginación o la temperatura de la habitación había descendido varios grados?

–Estabas presente cuando Elle Johanssen pidió una lista de mis condiciones –le recordó él–. Creo que fui claro con ella, ¿no?

–Perfectamente, pero ella está...

–Jugando conmigo –la miró a los ojos–. Algo que no permitiré que haga nadie bajo ninguna circunstancia –añadió él.

Natalya recopiló los documentos.

–Me aseguraré de que se devuelva hoy mismo.

–Por mensajero.

Natalya inclinó la cabeza.

–Por supuesto.

–¿Tienes algún comentario más que decir?

–Nada que quieras oír.

No era la mejor respuesta, sin embargo, sentía un pequeño grado de satisfacción al tener la última palabra.

Y entretanto, no vio que Alexei sonreía con diversión.

Natalya Montgomery era la antítesis de la mujer despreocupada que él había conocido. Apenas sonreía en su presencia y, aunque no debería importarle, le importaba, ya que recordaba muy bien la manera en que su voz se convertía en un gemido cuando él le proporcionaba placer. El dulzor de su boca cuando ella le acariciaba el cuerpo, jugueteando con tanta delicadeza que lo volvía loco... hasta que él tomaba el control y era ella la que jadeaba cuando él la torturaba con la boca en la entrepierna, saboreando el centro de su feminidad y jugueteando con la lengua hasta volverla loca de deseo y provocar que suplicara que la poseyera. Después, él la penetraba hasta que ambos se dejaban llevar por la pasión y se sentían uno solo hasta alcanzar el clímax.

Alexei siempre había imaginado que acabaría con un anillo, una casa, hijos... El pack completo.

Solo para que cambiara todo de forma repentina.

Alexei se acomodó en la silla del despacho y contempló las vistas de la ciudad en un día de verano. Tras los edificios, el cielo y el mar parecían fundirse en uno solo.

El pasado no podía cambiarse. Solo quedaba el presente y el futuro. Juntos con un plan... Un plan que él estaba decidido a ganar.

Capítulo 5

NO ERA sorprendente que la prensa publicara cada movimiento de Alexei.

Era el nuevo hombre en la ciudad. Un ejecutivo exitoso, muy atractivo, al que invitaban a muchos actos sociales.

Él no solía aceptar dichas invitaciones. Prefería asistir a dos eventos importantes que destinaban la recaudación a organizaciones benéficas que trabajaban con niños.

Ambos eventos atraían la atención de los medios, que después mostraban la prueba de que había asistido acompañado por una mujer glamurosa, que sonreía embobada a su lado.

Más tarde, él les enviaba rosas, acompañadas del siguiente mensaje:

En agradecimiento por una agradable velada.

¿De veras?

Como si a Natalya le importara.

Aunque en su opinión, él se redimía donando una cantidad a cada asociación benéfica.

Era loable. ¿O quizá lo hacía de manera calculadora? Prefería no pensarlo.

Por otro lado, tenía que admitir que él trabajaba muchas horas, ya que siempre era el primero en llegar por las mañanas y el último en marcharse. Nadie conseguía hacer lo que él hacía de nueve a cinco. Un hecho que, evidentemente, había contribuido a que alcanzara el éxito.

Su relevancia en el sector de la electrónica aumentaba cada día, igual que el respeto de sus colegas hacia él.

Todo lo que su padre habría tenido si hubiera prestado más atención al negocio, en lugar de dilapidar el dinero de la empresa.

Tres semanas después, Natalya había conseguido un admirable profesionalismo, independientemente de lo que le presentara Alexei.

Y muchas veces sin avisar.

Si trataba de ponerla a prueba, ella conseguía estar a su altura al menos a nivel profesional.

¿Y personalmente? Por mucho que lo intentara no conseguía criticarlo.

Los empleados admiraban su sentido para los negocios... Sobre todo, los hombres. Las mujeres no dejaban de prestarle atención cada vez que él aparecía.

Algo que Natalya había decidido ignorar. Sin mucho éxito. Y eso la molestaba.

Ya había superado su relación con él. Hacía mucho tiempo.

Entonces, ¿por qué aparecía en sus sueños para recordarle lo que habían compartido?

Era una locura.

Ese Alexei apenas se parecía al hombre a quien ella había entregado su cuerpo... Y su alma.

Él la había rodeado de afecto y ternura. De amor. Y ella había creído que tenía el mundo en sus manos y que nada, ni nadie, podría robárselo.

Sin embargo, él lo había hecho. Y ella no había sido capaz de recoger los pedazos de su vida rota.

¡La de noches que se había pasado llorando y preguntándose por qué! Suplicando que hubiera una llamada, un mensaje, un correo electrónico... Cualquier tipo de contacto para darle una explicación.

No había recibido nada, pero poco a poco había conseguido reconstruir su vida. Prometiendo que no permitiría que ningún hombre se acercara tanto a ella como para derretir su corazón helado.

Tenía amigos en los que confiaba, y Aaron era uno de ellos. Ivana, su madre, otra persona en la que confiaba. Leisl, su mejor amiga, que se había casado y se había ido a vivir a Austria, pero con la que mantenía contacto por las redes sociales. O Anja, una enfermera y especialista en cosmética que trabajaba para un conocido dermatólogo de Sídney.

Conocidos tenía muchos, pero ninguno con el que estuviera dispuesta a revelar sus pensamientos más íntimos.

El sonido insistente de su teléfono móvil la hizo volver a la realidad. Miró la pantalla y contestó de manera animada:

—Soy Natalya.

—Necesito tu presencia esta noche.

Era una exigencia, no una petición. Y no había motivo para que ella se estremeciera al oír su voz.

—Puede que tenga otros planes.

—Cancélalos.

—Si me hubieras avisado con más tiempo...

—¿Se te han olvidado las condiciones de tu contrato?

—¿Es mucho pedir cierto grado de cortesía? —durante un instante esperó su respuesta, y se decepcionó al ver que no había picado el anzuelo.

–Mi chófer te esperará en la puerta de tu casa a las siete.

Ella se disponía a responder cuando él continuó.

–Así son los negocios, Natalya –comentó con burla, y mencionó un restaurante–. Reserva una mesa para seis entre las siete y media y las ocho.

«Negocios, claro. Si no, ¿qué iba a ser?»

–Por supuesto –contestó ella.

Elegir la ropa que iba a ponerse no era problema, teniendo en cuenta que en su armario colgaban prendas para todas las ocasiones.

No obstante, cambió de opinión en varias ocasiones, hasta que se decidió por unos pantalones elegantes y una camisola de color jade, acompañados por unos zapatos negros de tacón de aguja.

Se maquilló para resaltar sus ojos, y se puso brillo en los labios. El cabello lo dejó suelto alrededor de su cara.

Recogió el iPad, el bolso, el teléfono móvil, las llaves y un chal de color negro.

La limusina la estaba esperando en la puerta, y Natalya sonrió al ver que Paul se dirigía a abrirle la puerta del pasajero.

–Gracias.

Al acercarse vio que Alexei ya estaba sentado. Le dio las buenas noches y se sentó a su lado.

La noche era cálida y el aire acondicionado de la limusina se agradecía. Ella trató de relajarse mientras el vehículo recorría las calles del vecindario hacia la ciudad.

En un momento dado, Natalya miró a Alexei y se fijó en su mentón, en sus pómulos prominentes, en sus ojos negros como la pizarra, en su boca...

«No sigas».

Excepto que le resultaba imposible parar cuando el recuerdo de su boca había provocado que todo su cuerpo reaccionara. «¡Contrólate, por favor!»

Se esforzó por conseguirlo y miró a Alexei con frialdad.

−¿Has de añadir algo importante a la reunión de esta noche?

Lo único que sabía era que tenían reservada una mesa para seis. El lugar y la hora.

−No.

«Estupendo». No había nada como no estar preparada.

−¿No vas a contestar nada?

Ella lo miró fijamente.

−No.

Durante un segundo, a Natalya le pareció ver una sonrisa fugaz.

El coche se detuvo en la entrada de uno de los elegantes hoteles de Sídney.

Los socios de Alexei ya estaban sentados cuando Natalya entró junto a Alexei al Bar Lounge.

Cuatro hombres de diferentes edades... A tres de ellos, Natalya los conocía de nombre. Y Jason Tremayne, el hijo de uno de los vástagos ricos de la ciudad, que en el pasado había intentado seducirla... Encantador en público, lo contrario en privado, como ella había podido comprobar.

La tensión aumentó todavía más.

−Natalya −la voz de Jason era casi tan falsa como su sonrisa−. Qué suerte que consiguieras el puesto de secretaria personal del director ejecutivo de ADE −hizo una pausa−, aunque claro, sois viejos amigos.

Natalya percibió su tono sutil, sin embargo, sonrió

con frialdad y le pidió una botella de agua con gas al camarero

Era una reunión de negocios y ella pensaba desempeñar el papel para el que la habían contratado. Una comida agradable, durante la cual su intervención sería mínima. Unas horas después, regresaría a su casa.

Parecía sencillo

Excepto por que no había contado con que Jason pudiera recordarle, de manera sutil, el error que cometió al aceptar su invitación cuatro años antes, en un momento en el que se sentía muy vulnerable.

La vida social de la élite de Sídney era muy activa y constantemente se organizaban actos benéficos para causas notables. Sus padres habían formado parte de aquello toda su vida. Roman consideraba al difunto padre de Jason un igual, tanto en el mundo de los negocios como en su grupo social. Incluso habían hablado de que si Natalya y Jason contraían matrimonio tendrían gran ventaja en los negocios. Algo que Natalya se había negado a contemplar.

Hasta que una noche, tras varias copas de champán, un cielo estrellado, y la necesidad de seguir adelante con su vida... Natalya acabó con un encuentro indeseado, después de las duras palabras de Jason, algunos moretones y una huida a la desesperada.

Algo que Jason no le permitiría olvidar nunca, igual que la caída en desgracia de Roman en cuanto al mundo de los negocios.

La reaparición de Alexei en Sídney y la compra de Montgomery Electronics provocó que se hicieran conjeturas... ¿Y qué importaba que Alexei fuera el tema de moda y que se empezara a rumorear todavía más?

Fustigarse por ello no cambiaría las cosas.

–¿Permitiéndote un poco de ensimismamiento, Natalya?

Sin pensarlo, ella miró a Jason y relató un resumen de lo que había anotado.

–Creo que eso es todo.

Les dedicó una sonrisa a los tres hombres, justo en el momento en que el camarero se acercó para preguntar si prefería té o café.

Era imposible ignorar la presencia de Alexei, o el efecto que tenía sobre sus emociones. Una contradicción, teniendo en cuenta que ella tenía motivos para odiarlo. Y lo odiaba.

Entonces, ¿por qué estaba alerta? Por mucho que ella se negara, su cuerpo poseía recuerdos muy vívidos que no eran fáciles de ignorar.

Alexei Delandros estaba presente... Invadiendo su espacio durante las horas de trabajo, y entrometiéndose en sus sueños por la noche.

Ella creía que lo había superado. Al menos pensaba que lo había hecho, hasta que unas semanas antes, cuando entró en el despacho del nuevo director ejecutivo, descubrió que se había adentrado en una pesadilla. Y todo, manipulada por un hombre al que había amado tanto que parecía imposible que nada pudiera interponerse entre ellos.

¡Cómo se había equivocado!

Fue un alivio cuando Alexei dio por terminada la velada y llamo a su chófer.

–Tomaré un taxi –dijo ella.

–No es una opción.

¿Por qué? Si la reunión había terminado y ella ya estaba en su tiempo libre...

Los invitados de Alexei se despidieron y salieron del restaurante.

Natalya agarró su bolso.

–Mañana a primera hora tendrás un correo con la copia de las anotaciones que he tomado –la eficiencia profesional y la educación no podían ignorarse con facilidad...

Alexei se guardó el teléfono en el bolsillo y señaló la salida.

–Mi limusina acaba de aparcar.

–He pedido un taxi.

–Cancélalo.

–No.

Si Alexei volvía a sacar el tema de que tenía que estar disponible en todo momento, Natalya estaba dispuesta a decirle un par de cosas. El día había sido largo, lleno de retrasos e imprevistos que no había podido controlar, y empezaba a sentirse cansada. Deseaba llegar a su casa y acostarse.

–¿Es que quieres montar un numerito? –preguntó él.

Un taxi apareció y se detuvo tras la limusina en el momento adecuado.

–Ahí está mi taxi –comentó ella con educación.

Alexei se acercó al taxi, pagó al conductor, y regresó a la limusina señalando que la puerta trasera estaba abierta.

Natalya lo fulminó con la mirada.

–Sube al coche –dijo él con aparente calma.

–Se te ha olvidado la palabra *por favor*.

«¿Estás loca?» La respuesta debía ser sí.

Él tenía la balanza del poder, e inclinarla hacia cualquier lado era un disparate.

Durante años, ella había obedecido para encajar. La felicidad era igual a tener familia, buenos amigos, un trabajo satisfactorio y un estilo de vida placentero.

No era que no tuviera opinión, ni que tuviera miedo de ofrecerla cuando lo necesitaba.

Había sido una mujer alegre y divertida, hasta cinco años antes cuando todo se había estropeado.

Desde entonces, ella se había vuelto más dura por dentro. Por fuera, apenas se notaba un cambio en su comportamiento. Para todo el mundo, ella había recuperado su personalidad.

Solo ella sabía que tenía una coraza. Había noches en las que los sueños vívidos la invadían. A veces eran tan dolorosos que se despertaba llorando, y agotada tanto física como mentalmente.

–Natalya.

Ella lo miró unos instantes.

–Vete al infierno –dijo ella, antes de subir en el asiento trasero y ponerse el cinturón. Deseaba volcar en él toda su rabia.

–¿Quieres añadir algo más?

Natalya lo miró un momento. La tentación de decirle lo que pensaba acerca de sus tácticas masculinas era casi irresistible.

–Por ahora no.

Durante un instante creyó ver un brillo de humor en su mirada, pero quizá fuera el reflejo de la luz interior del coche.

Centrando su atención en el tráfico y en las luces de neón de los carteles, consiguió distraerse hasta que los recuerdos prohibidos aparecieron de nuevo.

Provocando que recordara su boca demasiado bien. La manera en que su lengua exploraba su cuerpo y la poseía hasta que ella se perdía por completo entre la magia de sus caricias, provocando que los juegos preliminares ya no fueran suficiente...

No podía pensar en ello.

Y menos si quería mantener una pizca de cordura.

Al menos, tenía que controlarse mientras estaba despierta.

Sobre todo, porque él invadía su espacio cinco días a la semana y era el recuerdo constante de lo que habían compartido en el pasado.

Algo premeditado en su plan de venganza.

Contra su padre... Sin duda.

¿Y ella? ¿Cuántas noches había pasado despierta agonizando por una posible respuesta?

Demasiadas como para contarlas.

Alexei lo había pensado todo muy bien y se había asegurado de que la única escapatoria de Natalya implicara que a su madre se le rompiera el corazón. Ella lo odiaba por ello.

Y peor aún, la guerra emocional la estaba destrozando poco a poco.

¿Eso también era parte de su plan?

Natalya consiguió mantener la calma hasta que Paul torció en la calle principal y se detuvo frente a su casa.

Natalya se desabrochó el cinturón, se despidió y salió del coche. Se dirigió a la puerta de la casa, abrió con llave, entró en el recibidor y cerró la puerta.

Dentro del coche, el chófer miró a su jefe a través del retrovisor.

–¿Hacia el mar, Alexei?

Alexei asintió a modo de afirmación. Su casa era una bella mansión situada en lo alto de una colina. Estaba amueblada y decorada por un profesional y tenía empleados para satisfacer cualquiera de sus caprichos.

El trabajo duro, largas horas en la oficina, y su afición por el diseño electrónico, junto con las tres *D*:

dedicación, determinación y deseo, habían hecho que consiguiera su sueño.

Algunos colegas lo habían descrito como un hombre motivado. No obstante, él era el único que conocía el verdadero motivo por el que había elegido vencer a Roman Montgomery y vengarse de Natalya.

Sentía una necesidad personal de llegar más lejos... Y eso lo sorprendía. Igual que el hecho de que Natalya tuviera la intención de convertirse en una secretaria excelente.

Su sonrisa había desaparecido, pero mostraba una eficiencia que no podía criticarse.

¿De veras había cambiado tanto y había dejado de ser la mujer bella y animada de la que había llegado a enamorarse?

Los recuerdos invadían sus sueños de vez en cuando, y lo dejaban pensando si no le faltaría algo por descubrir.

Había contratado a uno de los mejores equipos de investigación para descubrir hasta el último detalle.

Por un momento pensó en llamar a alguna de las mujeres con las que acudía a los eventos sociales. Todas ellas se habían despedido de él con una sonrisa y dejándole una nota con su teléfono, como invitándolo a que las llamara en cualquier momento.

¿Sexo sin más?

Él ya había disfrutado de algunas relaciones cortas que no tenían futuro.

Alexei miró la hora en su reloj de muñeca, consciente de que al otro lado del mundo había comenzado la jornada laboral. Tenía llamadas por hacer e informes que revisar.

–Sí –admitió.

Capítulo 6

ALEXEI había dicho que el día iba a ser intenso y no se había equivocado. Las reuniones que tenía planificadas iban retrasadas, una importante presentación había quedado en espera debido a un imprevisto y había momentos en que el ambiente de la sala de reuniones de una empresa asociada podía cortarse con un cuchillo.

El ritmo era implacable. Natalya había pasado mala noche y necesitaba esforzarse para mantener el ritmo.

–¿Has anotado eso?

Natalya miró a Alexei sin pestañear.

–Por supuesto.

Ella hacía su trabajo y ejecutaba cada tarea con profesionalidad. Nadie se había percatado de que se había tomado pastillas para aliviar el dolor de cabeza, o de que suspiró aliviada cuando Alexei dio por concluida la reunión de la tarde, exigiéndole a su socio que le proporcionara la información relevante en el plazo de tres horas o no habría acuerdo.

Después, Alexei cerró el ordenador, recogió el maletín, se despidió de sus socios con un gesto y salió de la sala con Natalya a su lado.

La limusina estaba aparcada junto al edificio y Natalya se metió en la parte trasera, relajándose en el asiento mientras Alexei revisaba los mensajes en su teléfono móvil.

Enseguida, la limusina se detuvo frente a las oficinas de ADE y ellos se dirigieron a los ascensores para
ir a los despachos.

–Dile a Louise que nos traiga café y encargue comida para las seis –le dijo Alexei, mirándola fijamente
antes de llegar a su despacho–. Si tienes planes para
esta noche, cancélalos. Trabajaremos hasta tarde.

–Esta noche no me viene bien –repuso ella. Deseaba terminar la jornada, ir a casa, darse un buen
baño y meterse en la cama.

–Haz que te venga bien –sin decir nada más, se sentó
en su escritorio y abrió el ordenador.

Ella estuvo tentada de contestar, pero se dio la
vuelta, se dirigió a su despacho y llamó a Louise.

–Pareces preparada para matar dragones –comentó
Louise al verla.

–El director quiere café ahora mismo.

–Caliente, solo y cargado. Lo sé. ¿Algo más?

–Cena para dos. Para que la traigan aquí a las seis.

Louise la miró y preguntó:

–¿Dónde la pido? ¿Alguna preferencia?

Natalya mencionó un restaurante cercano y le indicó los platos. Después esperó a que Louise se marchara antes de esbozar una sonrisa.

Elegir la comida que menos le gustaba a Alexei le
otorgaría una pequeña victoria. Y tenía la respuesta
perfecta por si él la cuestionaba.

Entretanto, escribió un informe a partir de las notas que había tomado y se las envió a Alexei.

La dedicación era la clave, y el hecho de que ella
pudiera manejar gran carga de trabajo decía mucho
sobre su persona.

A las cinco y media la mayor parte de los empleados se habían marchado de la oficina, y a las seis, llegó el aviso de que les entregaban la cena.

Natalya miró la cámara del recibidor y se dirigió a recepción para recoger el pedido. Después subió para avisar a Alexei.

–Llévala a la sala de los empleados. Cenaremos allí.

–Me tomaré media hora de descanso y cenaré en mi despacho.

Alexei la miró cuando ella dejó su comida sobre la mesa, asintió y continuó mirando a la pantalla del ordenador.

A Natalya le habría gustado ver su reacción al ver la comida que le había pedido.

La tarde se alargó más de lo anticipado, el ritmo intenso... Tanto que ella comenzó a pensar que era venganza. Sin embargo, se negaba a flaquear, acometiendo todo aquello que él le iba pidiendo hasta que decidió que era suficiente.

Cerró el ordenador con cuidado, se puso en pie y recogió el bolso.

–¿Te pasa algo? –preguntó él–. No hemos terminado.

Ella lo miró sin miedo.

–Yo sí.

–¿Buscas el despido? –preguntó Alexei, mientras ella se dirigía hacia la puerta.

–Si quieres...

–Ambos sabemos que eso no va a suceder.

Natalya se giró hacia él y durante un instante el ambiente se cargó de tensión. Lo miró con desafío, retándolo en silencio para que reaccionara.

Él apretó los dientes.

–Piénsalo bien antes de meterte en una guerra dialéctica.

–¿De veras? ¿Por qué?

–Déjalo, Natalya.

–¿Y si no lo hago?

Él no contestó. No hacía falta.

Ella podía excusarse y decir que estaba muy cansada, que le dolía la cabeza... Probablemente debía disculparse.

No obstante, no hizo nada. Era consciente de que estaba a solas con él en un edificio vacío... sin teléfonos sonando, ni el ruido de las voces de fondo.

–En quince minutos terminamos.

–Quince. Ni uno más.

Natalya miró el reloj y regresó a su despacho.

Quince minutos más tarde, cerró el ordenador otra vez, lo metió en la funda, recogió el bolso, cerró el despacho y salió al pasillo... Alexei la esperaba en recepción.

–Gracias.

Al oír sus palabras, Natalya se quedó sorprendida. Se dirigió al ascensor y Alexei apareció a su lado.

–¿A qué sótano vas? –preguntó él, cuando entraron.

–Al tercero.

El espacio era pequeño y Natalya odiaba tenerlo tan cerca. Percibía el aroma de su loción de afeitar y no pudo evitar que su cuerpo reaccionara.

Decidió que le había entrado una locura temporal, pero se sintió aliviada al ver que el ascensor se detenía.

El sótano estaba bien iluminado y vacío, ya que la mayor parte de los empleados se había marchado ya.

Tras darle las buenas noches, Natalya se dirigió rápidamente a su BMW. Consciente de que él seguía a su lado, abrió el coche con el mando a distancia.

Estiró la mano para abrir la puerta, al mismo tiempo que Alexei.

El roce de su mano la hizo estremecer, y ella se retiró rápidamente.

«Tienes motivos para odiarlo, ¿recuerdas?»

Y realmente lo odiaba.

Sin decir palabra, se metió en el coche y, al ver que él le cerraba la puerta, le dio las gracias con un gesto. Arrancó el motor, sacó el coche de la plaza y se controló para no acelerar a tope.

—Idiota —murmuró, sin estar segura de si el insulto iba dirigido a Alexei o a sí misma.

«A ambos», decidió mientras llegaba a la calle y se incorporaba al tráfico de la ciudad.

Ollie maulló en cuanto Natalya abrió la puerta de la casa. Ella lo tomó en brazos y lo acarició antes de dirigirse a la cocina para ver si tenía comida y agua.

Se quitó los zapatos de tacón, dejó el maletín en su despacho y se dirigió al baño que tenía en el dormitorio.

Se daría una ducha relajante, se pondría el pijama, vería un rato la televisión y se metería en la cama.

Había sido un día largo, no tanto por las horas trabajadas, sino por el ritmo. Había hecho en un día lo que con su padre habría hecho en varios.

En retrospectiva, había sido ella la que había adoptado una actitud de trabajo intenso durante los meses previos a la venta forzosa de Montgomery Electronics.

Era evidente que Alexei se había hecho con la empresa a modo de venganza.

¿Cuántas noches había pasado ella sin dormir, preguntándose cómo habrían sido sus vidas si hubiera podido localizarlo cuando descubrió que estaba embarazada?

Habían pasado cinco años, y durante ese tiempo ella había continuado con su vida, y bastante bien, hasta que Alexei reapareció en escena.

Alterando su estado mental y sus emociones.

¿Era su intención alterarla? ¿Recordarle lo que habían compartido? La pasión... El amor...

Hubo un tiempo en el que ella podía interpretarlo muy bien. El brillo de su mirada, la curva de su boca al sonreír. La pasión disimulada, un recuerdo de lo que habían compartido y pronto volverían a compartir.

El roce de sus dedos al acariciarle las mejillas, sus ojos oscurecidos por la pasión... El roce de sus labios antes de hacerla perder la noción del tiempo y del espacio. Puro placer para los sentidos, que provocaba que les sobrara la ropa y que las manos se movieran deprisa para desnudarse y sentir la libertad de estar piel con piel y explorarse hasta quedar inundados de pasión.

Natalya cerró los ojos para tratar de controlar los recuerdos, pero no lo consiguió.

Tenía la imagen de Alexei grabada en la memoria, y afloraba desde un lugar del pasado al que no podría regresar. Todavía había una parte de su persona que anhelaba todo lo que habían compartido.

Un pasado en el que ella había creído conocerlo bien, donde existía la promesa de que el amor que compartían era para siempre.

Todo para que, de pronto, Alexei desapareciera y la vida de Natalya quedara patas arriba, perdiendo la esperanza y enfrentándose a la realidad de que debía continuar con su vida.

Durante los últimos cuatro años Natalya había estudiado para ampliar su conocimiento acerca del campo de la electrónica, implementando ideas para llamar la atención de los medios, haciendo publicidad de la empresa mediante donativos a causas benéficas... Todo aquello en lo que Roman mostró muy poco interés.

La propuesta de que ella se incorporara a la junta directiva había quedado en saco roto. El motivo era que Roman estaba convencido de tenerlo todo bajo control, y quería que cuando él se retirara, el cargo directivo fuera ocupado por un hombre.

Las mujeres siempre acababan implicadas en una relación sentimental, casándose o teniendo hijos. Por tanto, su atención siempre estaba dividida.

Natalya se dedicó a nombrarle mujeres que habían conseguido el éxito profesional, y todo para recibir una palmadita en la espalda y el comentario de: *juntos hacemos un buen equipo. ¿Por qué cambiar?*

–Porque si no cambiamos, la empresa será muy vulnerable –había contestado ella, sin éxito.

–Eso no sucederá nunca –le había asegurado Roman.

«Cómo se había equivocado», pensó Natalya, encontrando la escapatoria en el cansancio y el sueño.

Natalya decidió que pensar no servía para nada, mientras conducía su BMW entre el tráfico de la ciudad al final de otro día.

Había sido un día lleno de acción, y de exigencias que ponían a prueba su capacidad para cumplir las instrucciones de Alexei.

Ella necesitaba distraerse y hacer algo físico, como ponerse los guantes de boxeo y descargar su rabia contra un saco de boxeo, imaginando que en lugar del saco lo tenía a él. En el maletero llevaba siempre una bolsa con la ropa del gimnasio, por si algún día necesitaba ir al gimnasio sin planificarlo.

Pocos días antes había recibido la publicidad de un gimnasio cercano a su casa que solo era para mujeres, y decidió ir a probarlo.

Aparcó el coche y se fijó en los carteles atractivos de la entrada. Sacó la bolsa del maletero y entró en la recepción. Una chica le tomó los datos, le echó un pequeño discurso y llamó a una empleada para que acompañara a Natalya y le mostrara las instalaciones.

El equipo era moderno y había algunas mujeres jugando en las máquinas. Era la única palabra que Natalya podía emplear para describir a las chicas que estaban vestidas a la última moda deportiva, bien maquilladas y bien peinadas, entrenando a un ritmo suave, como para evitar sudar.

Entonces vio a una mujer con una cámara y se dio cuenta de que estaban grabando un anuncio.

–Están a punto de terminar –la empleada comentó en silencio mientras le indicaba un pasillo–. Los vestuarios están a la izquierda. Cada cubículo tiene cerrojo individual, una taquilla para dejar las cosas personales y una ducha –la empleada sonrió y le entregó una llave–. Disfruta de tu estancia aquí. Y si tienes dudas, pregunta.

Femenina y funcional, una agradable combinación. Natalya se puso la ropa de deporte, y realizó unos ejercicios de calentamiento antes de ir a la sala para entrenar de verdad.

El ejercicio físico la ayudaba a relajarse y aumentaba el nivel de endorfinas. Una hora más tarde, Natalya se dio una buena ducha y se vistió de nuevo con ropa de calle.

Al salir, sonrió a la recepcionista y le entregó la llave de la taquilla.

–Menudo entrenamiento –le dijo la mujer con admiración–. Espero que decida hacerse socia.

Quizá. El local tenía buenos equipamiento y estaba cerca de su casa. No había motivo por el que no pudiera dividir su entrenamiento entre su gimnasio habitual y ese.

Estaba a punto de salir por la puerta cuando saltó un mensaje en su teléfono móvil. Ella miró la pantalla y, al reconocer el número del remitente, blasfemó en voz baja. Sacó la llave del coche y se sentó al volante para leer el mensaje.

Pasaporte en vigor y visado para EEUU. Viajamos la semana que viene, destino NY. A.

De acuerdo. Negocios, con una agenda a seguir.

Capítulo 7

EL RESTO de la semana avanzó sin ningún problema mientras Natalya hacía su trabajo, asistía a reuniones y seguía las instrucciones de Alexei. Si, tal y como sospechaba, él esperaba verla flaquear ante tanta presión, ella se sentía satisfecha de ir un paso por delante y resistiendo sin problema.

No tenía nada planeado para el fin de semana, excepto, quizá, una llamada de su amiga Anja para ir al cine.

Un fin de semana agradable, tranquilo y discreto.

Entonces, ¿por qué tenía esa sensación de inquietud? Como si tuviera que tener algo más en su vida que un fin de semana predecible.

Estaba contenta como estaba ¿no?

«Porque te sientes segura», le dijo una vocecita.

«Es una elección consciente», decidió. Y estaba contenta con ella hasta ese momento.

La causa era Alexei.

Allí. Invadiendo su mente, sus sueños, recordándole lo que una vez habían compartido.

¡Como si quisiera verse atrapada en una vorágine emocional! Alternaba entre apartar el deseo secreto que albergaba en su corazón y la necesidad de enfrentarse a Alexei por provocarlo.

La corriente eléctrica que experimentó cuando sus manos se rozaron en la puerta del coche, y que durante un momento la dejó incapaz de pensar o de moverse.

¿Él también la había notado?

«Por favor, vuelve a la realidad».

La única motivación de Alexei era la venganza.

Entonces, ¿por qué perder el tiempo intentando buscar ese algo difuso que no terminaba de cuajar?

O peor aún, ¿por qué era ella la que tenía que pagar el precio de las indiscreciones de su padre y de sus fechorías económicas.

Era suficiente.

Excepto que sus planes para el fin de semana cambiaron de golpe cuando el sábado a las diez y cincuenta y tres de la mañana recibió un mensaje de Alexei diciéndole que se pusiera en contacto con él lo antes posible.

–¿Quién diablos se cree que es?

Natalya guardó el teléfono de nuevo en el bolso y cerró el bolsillo.

Él podría esperar.

Ella necesitaba darse una ducha y cambiarse de ropa después haber jugado una hora al *squash*. Tomarse su tiempo le daba cierta satisfacción. Cuando salió a la recepción, Aaron la estaba esperando.

–¿Pasa algo?

–¿Es tan evidente?

–Ajá. Tienes esa mirada.

Natalya miró a otro lado.

–Alexei –dijo él–. ¿Qué quiere?

–No tengo ni idea.

–Y tú no tienes prisa por descubrirlo.

–No –Natalya esbozó una sonrisa.

–Cuidado, cariño. No comas más con los ojos que con la boca.

–Ya no soy la niña de hace cinco años.

–Ni él es el mismo hombre.

Ella se estremeció. Momentos después salieron al aparcamiento.

–Gracias por el partido –dijo Natalya, mientras llegaban a su BMW.

–Pero no por el consejo.

–Por eso también.

Aaron apoyó la mano sobre su hombro.

–Ten cuidado.

Ella abrió el coche y sonrió antes de sentarse al volante.

–Siempre.

Lo antes posible significaba que era algo urgente. No obstante, Natalya esperó una hora antes de llamar a Alexei.

–Estabas cargando el teléfono y no miraste los mensajes –comentó Alexei cuando contestó la llamada–. ¿O es que el retraso ha sido premeditado?

–Buenos días para ti también –comentó ella con educación.

–Tardes.

Ella miró el reloj.

–Por tres minutos –convino ella–. ¿El motivo de tu llamada?

–Hay una reunión en Melbourne esta misma tarde. Mi chófer te recogerá a las tres y media. Necesitarás ropa para pasar la noche.

–¿Tengo que recordarte que es fin de semana? ¿Esperas que lo deje todo?

–Sí.

–¿Y si me niego?

–Te sugiero que lo pienses bien –su comentario la enfureció y ella tuvo que controlarse.

Por supuesto. Él llevaba las riendas del juego.

–¿Podría ser a las tres cuarenta y cinco?

–No.

«Al menos lo he intentado».

–¿Alguna instrucción especial?

Alexei se las comentó con brevedad y finalizó la llamada.

Hotel. Restaurante. A las seis, para siete. Ropa adecuada.

Natalya sacó la lengua a modo de burla y se dirigió a su dormitorio para recoger sus cosas.

Capítulo 8

HOTEL de lujo en Melbourne, con vistas al río y a la ciudad. Correcto.

Restaurante en la planta alta, una buena mesa, puntualidad y número de invitados. Correcto.

Una suite de dos dormitorios, cada una con baño propio y separadas por un salón. Nada correcto. Era una solución para los viajes de negocio cuando viajaba como secretaria de Roman.

Sin embargo, Alexei no era su padre.

—Preferiría tener una suite separada en la misma planta.

Alexei arqueó las cejas.

—¿Por qué motivo?

—Por privacidad.

—¿Tienes miedo, Natalya?

—¿De ti? —lo miró con frialdad—. No en esta vida.

—En ese caso, no veo que haya problema —miró el reloj—. Pide café para dentro de diez minutos. Trae tu iPad —ordenó, antes de desaparecer en su dormitorio.

Ella llamó al servicio de habitaciones, entró en el otro dormitorio, deshizo la maleta y salió al salón para encontrarse con que Alexei estaba sentado mirando la pantalla del ordenador.

Se había quitado la chaqueta y la corbata, y se había desabrochado algunos botones de la camisa. Desprendía tal masculinidad que Natalya notó que todo su cuerpo se ponía alerta.

«No es justo».

Llegó el café, sirvió dos tazas y le entregó una a Alexei. Abrió su iPad y comenzó a trabajar escribiendo algunos cambios en las cláusulas contractuales antes de enviárselo a Alexei y comprobar la agenda de la noche.

Cuatro invitados... Tres hombres conocidos en el mundo de la electrónica y una secretaria personal.

Tuvo tiempo de darse una ducha, de ponerse un pantalón de seda negra, maquillarse y peinarse. Más tarde se puso una chaqueta roja con solapas de seda. Una cadena de oro, unos pendientes a juego y una pulsera. Unos zapatos negros de tacón y estaba lista para marcharse.

A las seis y cincuenta, con el bolso bajo el brazo y la cartera en la mano, salió al salón para reunirse con Alexei.

Él se volvió para mirarla y ella no fue capaz de controlar ni la temperatura de su cuerpo ni el ritmo de su corazón.

Ella había conocido a otros hombres igual de atractivos, pero ninguno la había afectado tanto como Alexei.

Una admisión a la que no pensaba darle ningún tipo de consideración.

Debía avanzar. Tenía una cena de negocios a la que asistir, una noche que podía alargarse y cualquier contratiempo que podía generar una reunión al día siguiente.

La comida era deliciosa, y las vistas impresionantes. Los edificios iluminados de la ciudad, los carteles de neón y una negociación de alto nivel en la que

Alexei señalaba las condiciones de un contrato relacionado con una de las empresas subsidiarias de ADE.

Resultaba interesante ver cómo la otra secretaria
lanzaba alguna mirada ocasional a Alexei, con cierto
indicio sensual en su sonrisa. Natalya decidió centrarse en el trabajo y no preocuparse por si él le co-
rrespondía.

La empresa a la que representaban los tres hombres quería que se escribieran ciertas concesiones en
el contrato existente, algo que Alexei se negaba a considerar.

Natalya observó que las negociaciones avanzaron
un punto. Rechazó una segunda copa de vino y pidió
una botella de agua con gas.

El poder se convirtió en un arma eficaz, una que
Alexei eligió emplear sin piedad y que tuvo como resultado que el portavoz del otro grupo hiciera un intento de recuperar el equilibrio en la lucha de poder.

Sin éxito, ya que Alexei dio por terminada la reunión, se puso en pie, inclinó la cabeza y le hizo un gesto
a Natalya.

–Caballeros...

–Deliberaremos y mañana nos pondremos en contacto contigo.

Alexei no dudó un instante.

–Tengo otra reunión mañana a las nueve.

La conclusión era clara. O jugaban según las reglas
de Alexei, o no jugaban, pensó Natalya mientras subían
en el ascensor en silencio y se dirigían hasta su suite.

Cuando él abrió la puerta con la tarjeta y gesticuló
para que ella pasara delante, Natalya se puso tensa.

–Buenas noches.

Estaba a punto de entrar en su dormitorio cuando
la voz de Alexei la hizo detenerse.

–Quiero tener el informe de la reunión de esta noche para las siete de la mañana.

Ella hizo todo lo posible para no apretar los dientes. Se volvió hacia él, inclinó la cabeza y añadió:

–Si me haces un resumen de la agenda de mañana me ayudaría a tener un horario de trabajo. ¿A las siete y media?

–Hablaremos durante el desayuno. Pide que lo traigan a las siete y cuarto.

Una pequeña concesión... Si terminaba el informe esa misma noche o si se despertaba pronto para acabarlo, daba lo mismo.

Sin decir nada más, se volvió y se dirigió al dormitorio.

–Que duermas bien –el tono de Alexei tenía cierto tinte de diversión.

Natalya lo miró por encima del hombro.

–Siempre lo hago.

Sin más, cerró la puerta con llave y, en silencio, lanzó un puñetazo al aire.

Tener la última palabra resultaba muy satisfactorio.

«Una corta victoria», pensó Natalya durante el desayuno.

Alexei llevaba desabrochados dos botones de la camisa y las mangas enrolladas. Había dejado la chaqueta colgada en el respaldo de la silla.

Su aspecto era informal y ella trató de convencerse de que se sentía cómoda viéndolo así, pero sabía que mentía.

Apenas había cambiado en cinco años. Unas pequeñas líneas en el contorno de los ojos. La barba in- cipiente añadía un toque despiadado a sus facciones y ella no pudo evitar preguntarse si rascaría la piel del rostro de una mujer.

«¿Estás loca?»

«Pura curiosidad», se contestó rápidamente, y se sirvió un café.

Seria y profesional, revisó la agenda del día. Era una agenda apretada, con poco espacio para cualquier imprevisto.

Completamente diferente a las comidas relajadas que había compartido con su padre, cuando las prime- ras reuniones del día comenzaban con una larga co- mida y casi nunca terminaban antes del anochecer.

«Vaya diferencia», pensó ella mientras se termi- naba el café , guardaba el iPad en la funda y esperaba a que Alexei se abrochara la camisa y se anudara la corbata antes de ponerse la chaqueta.

Vestida con una falda negra y una chaqueta ceñida de color verde jade, y unos zapatos de tacón alto, se sentía preparada para lidiar con todo aquello que le presentara el día.

No la ayudó mucho descubrir que el ascensor es- taba lleno y no le quedaba más remedio que pegarse a su enemigo. Tampoco el hecho de que su cuerpo reac- cionara.

Natalya permaneció rígida, tratando de que su res- piración se mantuviera calmada y no se acelerara.

En pocos segundos el ascensor llegaría a la planta baja, la gente saldría y ella podría respirar con norma- lidad.

¿Sabía Alexei cómo la afectaba su presencia?

¿O lo mucho que luchaba contra ello?

Tenía muchos motivos para odiarlo. Y lo odiaba.

Entonces, ¿por qué el aroma de la colonia de Alexei alteraba sus sentidos?

Su cuerpo, alto y musculoso, era imposible de ignorar. Igual que la química sexual que emanaba de él sin esfuerzo.

Cinco años antes ella había disfrutado de cada momento que pasaba con él, por muy corto que fuera. Sus caricias, la ternura de su sonrisa, y la idea de que habría mucho más en cuanto estuvieran a solas. ¿Él lo recordaba igual que ella? ¿Se despertaba por las noches anhelando lo que habían compartido con anterioridad?

Evidentemente no.

Entonces, ¿quién era la idiota que permitía que la invadieran los recuerdos del pasado?

«Tienes una vida...» O al menos, la tenía hasta que Alexei reapareció en escena.

Su alivio era evidente cuando el ascensor se detuvo y ella acompañó a Alexei hasta la limusina que estaba aparcada junto a la entrada del hotel.

A pesar de que tenía la esperanza de sentarse sola en el asiento trasero, Alexei se sentó a su lado. Ella blasfemó en silencio mientras la limusina atravesaba las calles de la ciudad hacia su destino.

–¿No tienes instrucciones de última hora? –preguntó Natalya.

–No.

Muy bien. Había finalizado el tiempo de conversación improductiva.

Decidió reflexionar sobre los puntos clave de la reunión y en la información que había averiguado sobre el principal competidor.

Una mente abierta, junto a una serie de formalidades, y el registro de todos los detalles de ambas partes, la convertirían en la secretaria por excelencia.

En otras palabras, debía estar preparada para todo.

La limusina se detuvo en la puerta de un edificio elegante. Los recibieron en la entrada y los guiaron hacia los ascensores para acompañarlos hasta la sala de juntas.

En un momento dado, Alexei le rozó el brazo sin querer, y ella odió que se le acelerara el pulso.

«Por favor... ¡céntrate!»

Lo consiguió gracias a la experiencia que le otorgaba la práctica, así que se sentó en la mesa de juntas y sacó el iPad y una mini grabadora.

Jugar duro en las reuniones de negocios era un arte que Alexei dominaba con facilidad, y solía llevar las negociaciones a un nivel básico donde el competidor debía decidir entre aceptar o abandonar. Algo que provocaba las críticas acerca de las tácticas que empleaba el director ejecutivo de ADE.

Natalya tenía que admitir que la táctica funcionaba. El descanso de la comida implicaba comer algo en una de las habitaciones del hotel, mientras se revisaban los puntos clave de la reunión de la mañana.

Una reunión intensa, con Alexei mostrando una postura firme y alta capacidad de negociación.

Natalya solo podía admirar su capacidad para acorralar a su competidor contra la pared, aunque reconocía que su actuación era despiadada.

El ritmo incrementó por la tarde, cuando Alexei pronunció sus condiciones definitivas, lo que llevó a convocar otra reunión a la mañana siguiente.

—Cambia nuestro vuelo para mañana a media tarde —le ordenó Alexei cuando la limusina se encaminó al hotel.

Al entrar en la suite del hotel, Natalya lo fulminó con la mirada.

–En la era tecnológica se pueden enviar documentos legales firmados digitalmente.

–Es cierto –él se quitó la chaqueta y la corbata y las dejó sobre una silla, antes de mirarla fijamente–. ¿Estás cuestionando mi decisión?

–Solo he expresado mi opinión.

–¿Y te sientes legitimada para hacerlo?

¿Por qué se sentía como si hubiera entrado en terreno movedizo?

–No está específicamente mencionado en mi contrato.

–Consulta el menú y encarga comida para que nos la traigan a la siete a la suite –Alexei esperó un momento–. Yo tomaré arroz *pilaf* de marisco –se inclinó y recogió la chaqueta y la corbata antes de dirigirse a su dormitorio–. Me cambiaré e iré una hora al gimnasio.

A Natalya no le gustaba aquello. Podía soportar las comidas y las cenas de negocios, pero lo de pasar la noche fuera la molestaba. Especialmente, lo de compartir la suite.

¿No había acompañado a Roma a reuniones interestatales? ¿Y no habían compartido suites parecidas en diferentes hoteles?

Entonces, ¿por qué se sentía extraña y a la defensiva?

Y lo peor era que Alexei disfrutaba provocándola.

Se mostraba civilizado durante las reuniones de negocios y en presencia de otras personas, sin embargo, cuando estaba a solas con él parecía que tuviera la intención de... ¿De qué?

Hubo un tiempo en que ella lo conocía muy bien. Sin embargo, con el paso del tiempo había cambiado. Y Natalya todavía echaba de menos el amor que habían compartido. El dolor de que él se marchara sin decir palabra, y de que no volviera a contactar con ella a pesar de todos sus esfuerzos... Era como una herida que no se hubiera terminado de curar.

«Ve a hacer algo constructivo», le dijo una voz interior. «Sal a mirar las tiendas del hotel. O mejor, ve a nadar a la piscina y libera parte de la angustia».

Natalya decidió ir a la piscina. Llamó al servicio de habitaciones rápidamente, encargó la comida, sacó el bañador de la maleta y se cambió. Después buscó un albornoz y se dirigió a los ascensores.

La mayor parte de los clientes estaban tomándose algo en el salón, y Natalya se sintió aliviada al ver que la piscina estaba vacía.

El agua estaba tentadora, clara y transparente. Sin dudarlo, se quitó el albornoz y se sumergió.

Comenzó a hacer largos y, poco a poco, fue acelerando el ritmo. Al cabo de un rato perdió la cuenta y, cuando empezó a cansarse, nadó de espaldas hasta el bordillo.

¿Cuánto tiempo había estado en el agua? ¿Media hora?

Miró el reloj de la pared y vio que llevaba más tiempo. Salió deprisa, se secó y se puso el albornoz. Diez minutos eran suficientes para regresar a la suite y ducharse y vestirse antes de que llegara la cena.

Alexei estaba sentado en una de las butacas del salón cuando ella entró. Natalya lo miró a los ojos un instante y se apresuró a su habitación.

«Diablos», pensó, al mirarse en el espejo. ¡Estaba muy despeinada y no llevaba maquillaje!

¿Y qué? Él la había visto con mucho menos... Aunque eso había sido hacía muchos años, cuando la relación entre ellos era muy diferente.

«Date prisa. Dúchate, vístete, hazte un moño, ponte lápiz de labios y sal».

La cena, un vino, café y la recapitulación de los asuntos del día. Una hora, quizá dos. Después, podría escaparse a su habitación.

«Tres horas y un poco más», pensó Natalya mirando el ordenador. Habían leído y discutido los puntos importantes, había dado su opinión cuando se la habían preguntado. Alexei también le había pedido su punto de vista.

–¿Sinceramente? ¿O con prudencia?

Alexei se acomodó en la silla.

–Ambas cosas.

–Quieren el trato bajo sus condiciones.

Alexei tenía que admitir que era buena, por eso había ayudado a su padre durante los años anteriores. Sin ella, el negocio de Roman habría quebrado antes de ser vulnerable a una venta forzosa.

¿Lealtad familiar o desesperación? Quizá las dos cosas.

–No va a suceder.

Por supuesto que no. Alexei tenía el poder y no tenía miedo de emplearlo.

–Tienes decidida una cifra. Imagino que te ofrecerán un diez por ciento menos, así que, prepárate para negociar.

–Eres astuta.

–Gracias.

–¿Tu padre te pedía opinión en estos asuntos?

–A veces.

–Sin embargo, rara vez los ponía en práctica.

La verdad resultaba dolorosa. Montgomery Electronics podría haberse vendido al doble de lo que ADE había pagado por ella.

–No.

–¿Te molestaba?

Aquello se estaba volviendo personal. Ella era la hija, y no el hijo que Roman esperaba que Ivana le diera.

–¿Esto tiene algún sentido?

–Rellena algunos vacíos de información.

Ella se bebió el café, cerró el iPad y se puso en pie.

–Creo que hemos terminado.

Alexei elogió en silencio su eficiencia. Disfrutaba del reto que ella representaba y se preguntaba qué haría falta para romper la armadura que ella había creado para protegerse.

¿De él? ¿O de los hombres en general?

No debería importarle.

Pero le importaba.

Ella le dio las buenas noches y se dirigió a su dormitorio.

–Que duermas bien –dijo él con tono burlón, justo cuando ella abría el picaporte.

Cómo le gustaría poderle superar en algo, solo por la satisfacción de hacerlo.

Una sensación que continuó mientras se desvestía y se preparaba para la cama, colocaba las almohadas y se acomodaba a leer un libro.

Leería dos capítulos y después apagaría la luz para irse a dormir.

No obstante, la imagen de Alexei invadió su cabeza y no consiguió hacerla desaparecer. Tampoco desaparecieron los sueños sobre el pasado que habían compartido. Los momentos íntimos, eróticos... La manera en que Alexei la acariciaba y la hacía sentir viva, trasladándola a un lugar donde el corazón, el cuerpo y el alma se convertían en una única cosa... Hasta que los sueños se desvanecían en una realidad en la que se despertaba con el cuerpo empapado de sudor. Sintiéndose sola, ardiente de deseo... con las lágrimas rodando por sus mejillas.

Con la respiración acelerada, Natalya volvió a la realidad y reconoció la necesidad de darse una ducha, vestirse y enfrentarse al nuevo día. Y también al hombre que había conseguido colarse en su inconsciente e invadir su corazón.

El desayuno se vio interrumpido por una llamada al teléfono de Alexei. Natalya lo miró y vio que se oscurecía su mirada.

¿Problemas?

Era evidente que sí. Alexei había endurecido el tono mientras hablaba con lo que parecía el portavoz del grupo con el que habían cenado la noche anterior.

No parecía algo prometedor, a juzgar por la manera en que Alexei se negó a considerar negociaciones futuras.

Cuando terminó la llamada, Alexei se bebió el resto del café y rellenó la taza.

—Han pedido un aplazamiento de dos horas debido a un retraso del banco.

—Intentan ganar tiempo. Así que esperaremos.

Había hablado en plural. Una costumbre de los días en los que animaba a su padre, cuando él lo necesitaba... Algo que ocurría con más frecuencia de lo que debería haber ocurrido.

—Tienen mi número de teléfono, y la hora del vuelo —comentó Alexei—. La pelota está en su tejado —miró el reloj—. Voy a quedar con un amigo durante un par de horas. Entretanto, necesito que hagas unas compras por mí.

–¿Compras?

–¿Te supone un problema? –preguntó mirándola a los ojos.

–¿Supongo que me darás una lista?

–El viaje de Nueva York es de negocios, combinándolos con la familia –comentó él, mientras ella guardaba el iPad.

Natalya trató de ignorar que se le había acelerado el corazón y se contuvo para no decirle que escogiera los regalos él mismo.

–Supongo que podré añadirlo a mi perfil –«pero no te acostumbres», añadió en silencio. Ayudar al jefe a elegir regalos para la familia era algo demasiado personal...

–¿Para tu madre?

–Libros.

–Eso no ayuda mucho –comentó Natalya–. ¿De ficción? ¿Románticos? ¿De historia? ¿De crímenes?

–Románticos, pero de suspense.

–¿Sus autores favoritos? ¿O no lo sabes? –ella nombró unos pocos, pero parecía que no le sonaban.

–Pañuelos –añadió él–, para añadirlos a la colección de mi madre y mi cuñada.

–¿De algún diseñador en concreto?

Él nombró unos cuantos y le entregó una tarjeta de crédito.

Dos horas más tarde, Natalya había comprado varios regalos muy bien envueltos.

Ella recordaba algunas ocasiones en las que habían ido de compras juntos. Alexei la había rodeado por los hombros y la había estrechado contra su cuerpo. En sus ojos, la promesa de cómo iba a terminar el día.

Los recuerdos no deberían afectarla... No obstante, la afectaban y ella trató de contenerlos y guardarlos de nuevo bajo llave.

Al entrar al hotel vio que Alexei estaba de pie a un lado, y parecía a punto de leer un artículo en el periódico.

Cuando ella se acercó, Alexei recibió una llamada y él se movió a un lado para contestarla. Natalya miró el reloj y vio que tenían una hora y media para recoger las cosas, salir del hotel y llegar al aeropuerto.

–Han aceptado el acuerdo –comentó Alexei, al regresar a su lado.

«Por supuesto», pensó ella. «¿Tenía alguna duda?»

Capítulo 9

UNAS horas más tarde desembarcaron en el aeropuerto de Sídney, recogieron las maletas y se encontraron con Paul en la sala de pasajeros.

–Bienvenidos –Paul los recibió con una sonrisa–. ¿Habéis tenido éxito?

Natalya agachó la cabeza y Alexei contestó afirmativamente mientras Paul se ocupaba de las maletas y los guiaba hacia la salida.

Ya habían grabado los documentos de confirmación firmados por vía digital a favor de ADE Conglomerate. «Otro asunto zanjado», pensó Natalya mientras Paul salía con la limusina de la terminal.

Daba igual cuántos vuelos hubiera tomado Natalya durante los años, porque al regresar a Sídney siempre le afloraba el placer de la familiaridad, el sonido de la ciudad, los edificios famosos.

«Misión cumplida». Estaba a tan solo media hora de su casa, y pronto se liberaría del estado de alerta en el que se encontraba día tras día.

Una locura temporal debida a estar con Alexei un mínimo de ocho horas al día, cinco días a la semana... O más, si contaba con las cenas de negocios, y los viajes.

Ella no se encontraba cómoda con ello. Deseaba

darle puñetazos... pero ella nunca tenía rabietas. Ni siquiera las había tenido cuando era niña. Claro que no había tenido motivos.

Sonrió al recordar cómo una vez, cuando estaba en primero, un niño le tiró de la trenza, con tanta fuerza, que ella empezó a llorar. Le dio tanta rabia que no dudó en darle una patada donde más dolía. Un gesto que provocó que ambos recibieran una regañina y una llamada a sus padres.

Un incidente que había olvidado hasta entonces.

La limusina se detuvo frente a su casa y Natalya salió. Alexei le sujetó la puerta del coche mientras Paul sacaba su maleta.

Ella le dio las gracias a Paul, y se disponía agarrar la maleta cuando Alexei se le adelantó para acompañarla a la puerta.

—Ya me ocupo yo.

Durante un momento a ella le pareció ver que se le oscurecía la mirada. Natalya buscó la llave, abrió la puerta, y cuando se disponía a agarrar la maleta, Alexei la agarró y la metió en el recibidor antes de marcharse sin mirar atrás.

Natalya blasfemó en voz baja y llevó la maleta a su dormitorio, dejó el maletín, sacó el teléfono y llamó a Ben.

—¿Te parece bien si paso a recoger a Ollie?

—Claro. Está nervioso. Creo que ha oído el coche y la llave en tu puerta.

—Voy para allá.

Y allí estaba Ben esperándola con Ollie en brazos.

—¿Has tenido un buen viaje?

El gato maulló de alegría al ver a su dueña y ronroneó cuando Ben se lo dio a Natalya. Ella sonrió cuando el gato le mordisqueó para saludarla.

–Me has echado de menos, ¿eh? –preguntó Natalya.

–Gracias, Ben. Gracias por haber cuidado de él.

–De nada. Cuando quieras, otra vez.

Era un buen vecino, y cuidaba de ella como habría cuidado el hermano que no tenía.

–Pronto nos pondremos al día.

–Cuando quieras.

Ella sonrió. Sabía que él tenía una vida muy agitada también.

–Somos un buen equipo –y lo eran. Ella también cuidaba de su perrito Alfie cuando era necesario–. Ya hablaremos.

–Hasta pronto –dijo Ben, mientras ella cruzaba hasta su apartamento.

Natalya se puso ropa cómoda, abrió el ordenador, revisó el acuerdo y le envió los datos a Alexei.

Después de cenar algo, se dio una ducha y se metió en la cama con Ollie acurrucado a su lado.

Sorprendentemente, durmió bien, despertó temprano, miró el correo electrónico... No había respuesta de Alexei... Dio de comer a Ollie, recogió el periódico, preparó el desayuno y, mientras se tomaba la segunda taza de café, leyó los titulares.

ADE CONGLOMERATE CONSIGUE UN MEGA ACUERDO

El titular aparecía junto a la fotografía del director ejecutivo de ADE, y algunos breves detalles.

¿Una nota de prensa de ADE? Era extraño, teniendo en cuenta que ella debería estar enterada. Noticia desautorizada, publicaron en la edición de la tarde tras la intervención de Alexei.

Tal y como Natalya había imaginado, a continuación, recibió una airada llamada de su padre insistién- dole en que era una conspiración, y que estaba seguro de que ella ya sabía que el acuerdo iba a publicarse. Terminado con la queja de que la victoria debería haber sido de él.

Cualquier intento de suavizar la situación fue in- fructuoso, y Natalya terminó la llamada, consciente de que contar la verdad resultaría inútil.

A su regreso, recibieron varias invitaciones a even- tos benéficos que apoyaban causas importantes, donde requerían la presencia de Alexei Delandros y su pareja.

En la época de excesos de Roman, aceptaban casi todas las invitaciones, e incluso Natalya había asistido con sus padres a partir de los dieciocho años.

Natalya miró todas las invitaciones y separó aque- llas que consideraba que se beneficiarían de la presen- cia de Alexei y de su posible donativo, para colocarlas sobre la mesa.

–Cuando hayas elegido me encargaré de dar tu aceptación.

¿Decidiría asistir solo? Y si no, ¿a quién elegiría como pareja?

¡Cómo si a ella le importara!

Alexei le pidió que acudiera a su despacho justo antes de un evento.

Natalya se sentó, abrió su iPad y se preparó para escribir... Al ver que él no empezaba a dictar, lo miró.

Era el final del día y él se había quitado la cha- queta y se había aflojado la corbata. Su aspecto era tan informal que consiguió que ella perdiera una pizca de autocontrol.

–Asegúrate de estar disponible para el acto bené-
fico del jueves por la noche.

Ella lo miró fijamente.

–Estoy segura de que tienes varias mujeres dispuesta a aceptar la invitación.

–Ninguna de ellas posee tu capacidad de observación y diplomacia.

–¿Insinúas que solo se centrarían en cautivarte?
–preguntó Natalya , y vio que él esbozaba una medio
sonrisa.

–Considera tu presencia como un trabajo de secretaria personal.

¿Estar a su lado durante una larga cena? ¿Comportarse, cuando por dentro deseaba golpearlo? Un acto
inconcebible para hacer en público. Algo más sutil
como ¿un codazo accidental en las costillas?

–Para un asunto relacionado con el trabajo –aclaró
ella–. Me aseguraré de que la mini grabadora quepa
en mi bolso.

–Has asistido a varios eventos en el pasado. Dudo
que el de mañana sea muy diferente.

Muchas personas eran invitados habituales en los
actos benéficos. Personas influyentes y adineradas,
que se dedicaban a donar fondos a causas importantes, activas en el ámbito social y que conocían la caída
en desgracia de Roman Montgomery.

El hecho de que la hija de Roman estuviera sentada junto a Alexei Delandros, causaría mucho interés
y todo tipo de especulaciones.

La elegancia y la sofisticación eran requisito, y
Natalya destacaba en ambas. Haberse educado en uno
de los mejores colegios privados de Sídney y haber

viajado por el mundo le había asegurado que pudiera manejar con éxito casi cualquier situación.

El evento de aquella noche no sería diferente. ¿Entonces por qué estaba tan nerviosa mientras se retocaba el maquillaje, antes de que Alexei llegara a su casa?

Ella había insistido en encontrarse con él en el hotel donde se celebraba el acto, pero él no había aceptado.

Natalya había ido a una de sus boutiques favoritas y había comprado un vestido nuevo de seda color champán, recubierto de encaje.

«Espectacular», pensó ella, mientras se colgaba una cadena de oro con un diamante, se ponía una pulsera y unos pendientes a juego... Unas piezas que le había regalado su difunta abuela.

Natalya se pasó la mano por el cabello y se ahuecó los rizos ante de recoger su bolso.

La limusina de Alexei llegó a la hora pactada, y ella respiró hondo cuando oyó que llamaban al timbre.

Se dirigió a abrir, tratando de calmar el latido de su corazón.

Él tenía presencia, una cualidad que lo hacía diferente de la mayoría de los hombres. Difícil de definir con palabras, pero real.

Unos ojos oscuros que podían chamuscar el alma, una boca que prometía pecados sensuales...

«Basta», le dijo una vocecita interior a Natalya. Recordar lo que habían compartido no servía para nada.

Era el acompañante perfecto. Y estaba devastador con traje de etiqueta. Podía haber pasado por un modelo de Armani. La personificación del hombre en que se había convertido... seguro y cómodo consigo mismo. La adquisición de las cosas buenas de la vida, su influencia y poder. Una cualidad añadida que soportaba con facilidad.

La limusina se adentró en las calles de la ciudad, hasta que llegó al hotel donde se celebraba el evento.

Los fotógrafos estaban preparados para la llegada de los invitados famosos, y los flashes disparaban cada vez que la élite de la sociedad de Sídney bajaba de las limusinas... Las mujeres ofrecían sonrisas fingidas, en caso de que su imagen fuera la elegida para publicar en las páginas de *sociedad* de los periódicos del día siguiente.

Alexei apoyó la mano en la cintura de Natalya y ella sintió que una corriente eléctrica recorría su cuerpo.

Su papel era puramente laboral. Nada personal. Debería haberse puesto una etiqueta discreta donde pusiera *secretaria personal*, para aclarar su presencia.

Natalya ofreció una leve sonrisa mientras acompañaba a Alexei hasta un patio interior, donde los invitados se estaban reuniendo para los aperitivos, antes de que abrieran las puertas del comedor.

Los camareros estaban en el patio ofreciendo copas de champán mientras los invitados se mezclaban con los socios y amigos.

Natalya sonrió al reconocer algunos amigos entre la multitud, consciente de que podrían saludarse durante la velada, y cada vez que algún colega de la industria se acercaba a Alexei, ella saludaba con soltura.

Era evidente que Alexei llamaba la atención. La adquisición de la empresa de Roman Montgomery había creado alboroto en el sector financiero, alimentado también por los acuerdos importantes que Alexei había conseguido alrededor del mundo.

Los periodistas estaban interesados en su vida personal y, hasta el momento, Alexei se había negado a dar entrevistas, pero la prensa amarilla no tenía escrúpulos y una pizca de realidad mezclada con algunas insinuaciones incrementaba las ventas de tabloides.

–Natalya –el sonido de la voz de Ivana llamó su atención y Natalya saludó a sus padres con cariño antes de presentarle a Alexei a su madre, quien le dedicó una sonrisa y le estrechó la mano.

–A mi padre ya lo has conocido –comentó Natalya, percibiendo la tensión bajo la sonrisa servil de Roman.

–Por supuesto –comentó Roman, y le estrechó la mano–. Me alegro de que hayas contratado a Natalya. Es una excelente secretaria.

«Competente, además, y te está cubriendo las espaldas», pensó él.

–Ivana, cariño. Estamos sentadas juntas –dijo Elvira, la madre de Aaron. Ambas mujeres se conocían desde hacía tiempo–. Roman. Natalya –los saludó antes de mirar a Alexei–. Alexei Delandros, por supuesto. Es muy fotogénico. Encantada de conocerlo –se volvió hacia Natalya–. Aaron está aparcando el coche. A Al lo ha secuestrado un cliente. Estoy segura de que pronto conseguirá escapar.

La palabra interesante no describía la organización de las mesas. Aaron, el hijo homosexual cuyos padres desconocían que lo era; Alexei y Roman... ¿A quién se le había ocurrido poner al zorro y al conejo juntos? En cada mesa cabían doce. ¿Quiénes eran los otros cinco?

–Ah, están abriendo las puertas –comentó Elvira–. ¿Entramos?

Moverse junto a la multitud implicaba el contacto

con las otras personas, y Natalya se puso tensa cuando Alexei colocó el brazo en su cintura... Lo dejó allí hasta que llegaron a la mesa, separó la silla y esperó a que se sentara. Era un gesto impersonal. Entonces, ¿por qué el roce de su brazo había hecho que su cuerpo reaccionara?

Una locura temporal, algo que evitaría manteniendo la distancia adecuada entre ambos. Funcionó hasta que llegaron los otros cinco invitados. Lara y Richard Tremayne, sus dos hijas, Abby y Olivia, y su hijo Jason.

Como si necesitara algo todavía más complicado.

Nada que no pudiera manejar... Y eso hizo, con elegancia y educación, mientras comían los tres platos de la cena.

–¿Champán, Natalya? –preguntó Alexei, y ella sonrió.

–Gracias.

En apariencia, los doce invitados de la mesa estaban pasando un rato agradable. Quizá era verdad, y ella era la única que notaba algo de tensión.

Cuando los camareros comenzaron a recoger los platos para servir el café, se sintió aliviada. Eso solía indicar que pronto empezarían los discursos de agradecimiento por los generosos donativos, el éxito de la velada, y el inicio del baile.

Roman se puso en pie y se acercó a Natalya.

–¿Bailamos?

Al menos su padre esperó a llegar al centro de la pista de baile para preguntarle:

–¿En qué diablos estás pensando?

–Soy la secretaria de Alexei. Estoy sentada a su lado como profesional.

–Cariño, él te está utilizando para resaltar su éxito sobre mi fracaso.

Natalya lo miró y, al ver rabia y frustración en su mirada, trató de hacer que se sintiera mejor.

–¿Para qué iba a hacer eso, si la prensa ya ha publicado la jugada en varios periódicos?

–¿Es que no aprendiste nada hace cinco años? Ese hombre se marchó sin decir nada.

–Eso no es importante para esta discusión –admitió Natalya–. ¿Vamos a reunirnos con los otros?

Un café solo y sin azúcar fue de gran ayuda. Natalya sonrió al ver que Roman sacaba a su madre a bailar, de forma que Alexei, Jason Tremayne y Natalya eran los únicos ocupantes en la mesa.

No era el mejor escenario, y Natalya se preguntó si podría escaparse al cuarto de baño. Sin embargo, la suerte no estaba de su parte ya que Jason se puso en pie y se acercó a ella.

–Creo que es nuestro turno.

–Es el mío –intervino Alexei poniéndose en pie y colocando la mano sobre el hombro de Natalya–. ¿Si nos disculpas...?

Ella miró a Jason y esbozó una sonrisa, antes de acompañar a Alexei a la pista de baile.

–No era necesario –dijo Natalya.

–¿No?

Ella prefirió no contestar.

Comenzó a sonar un tema lento y Alexei la estrechó contra su cuerpo. La cabeza de Natalya apenas le llegaba hasta el hombro y él se contuvo para no besarle la sien, como había hecho en el pasado. Inhaló el aroma floral que desprendía su cuerpo, notó que su cuerpo reaccionaba a causa del deseo, y percibió la promesa acerca de cómo terminaría la noche.

Él había estado tan seguro de su relación, de ella, había imaginado que envejecerían juntos, después de haber formado una familia. Hasta que Roman Montgomery empleó tácticas intimidatorias para asegurarse de que Alexei se marchara del país.

Cinco años después, Alexei había cambiado, igual que su vida.

–Debemos regresar a la mesa –dijo Natalya cuando cambió la música–. Ahora que ya hemos cumplido con el baile.

–¿Cumplido? Eso es lo que ha sido, ¿una obligación?

Si no hubiera notado el latido acelerado de su corazón, la habría creído.

Al cabo de un rato, tras el discurso final, se dio por terminado el evento. Los invitados salieron al patio de entrada a esperar un taxi, o su limusina privada. Algunos continuaron la fiesta en una discoteca.

–La limusina llegará en pocos minutos –indicó Alexei.

–Puedo tomar un taxi.

–No lo harás.

Ella estuvo a punto de replicar, pero no lo hizo. Además, a aquellas horas no había muchos taxis.

–¿Te has vuelto conformista, Natalya?

–Solo porque tiene sentido.

«Y como sonrías...».

Alexei no sonrió, o al menos ella no lo vio, porque Paul aparcó la limusina en ese instante.

–¿Supongo que habéis pasado una velada agradable? –preguntó Paul al verlos.

–Una velada exitosa –contestó Alexei.

–Mucho –añadió Natalya, refiriéndose a los donativos, los asistentes, etc.

Cuando la limusina se detuvo frente a su casa, se sintió aliviada. Sacó las llaves del bolso y salió del coche.

–Gracias por traerme, y por la velada –hizo una pausa–. Estoy bien. La luz del porche está encendida –cerró la puerta trasera y se volvió hacia el camino de su casa, sin darse cuenta de que Alexei se había reunido con ella.

–Soy capaz de ir hasta mi puerta sin compañía.

–No he sido consciente de haber dicho otra cosa –contestó él–. ¿Compartes la casa con alguien? –le preguntó al ver una luz encendida en el lado izquierdo de la casa.

Es una casa familiar dividida en dos apartamentos. Yo ocupo uno. Ben alquila el otro.

–¿Desde cuándo?

–Desde hace dos años y medio –Natalya desactivó la alarma y oyó el maullido de Ollie–. Es mi gato –dijo mientras abría. Ollie se subió a sus brazos y comenzó a ronronear.

El amor gatuno era incondicional. Si las emociones humanas fueran igual de poco complicadas...

Pero no lo eran, y Natalya le dio las buenas noches a Alexei, entró en el recibidor, sonrió y cerró la puerta con llave.

–A la cama –murmuró acariciando a Ollie.

El sueño no la acompañó, así que dio vueltas en la cama, con la mente inundada de imágenes de la época en la que Alexei y ella estaban tan unidos que no hacían falta ni palabras. Era una relación tan especial que ella habría apostado su vida porque nada, ni nadie, podría hacer que se separaran.

Sin embargo, algo, o alguien, lo había conseguido.

Capítulo 10

NATALYA debió de quedarse dormida porque cuando despertó el viernes por la mañana, el sol entraba por las contraventanas de la habitación. Miró la hora en el reloj de la mesilla y vio que tenía tiempo de sobra para ducharse, vestirse, desayunar leyendo el periódico y darle de comer al gato. Estaba preparada para enfrentarse a lo que le presentara el día.

Una noticia del periódico la hizo cambiar de humor. Una foto en la que aparecían Alexei y ella de camino a la limusina. El fotógrafo la había sacado de tal forma que parecía que compartieran una intimidad que no existía.

Y lo peor, el pie de foto.

¿EL MAGNATE Y SU ANTIGUA AMANTE, JUNTOS OTRA VEZ?

Sin dudarlo, Natalya arrancó la página, la dobló y la metió en el maletín.

Segundos más tarde sonó el teléfono y Natalya blasfemó en silencio al ver quién era.

—Hola, papá.

Es todo lo que pudo decir antes de que su padre comenzara a echarle un discurso, exigiéndole que le contara lo que había entre Alexei y ella.

Calmarlo le costó varios minutos, hasta que ella lo interrumpió diciéndole que tenía que marcharse al trabajo.

Apenas estaba a un kilómetro de su apartamento, conduciendo entre un tráfico intenso, cuando recibió un mensaje en el teléfono.

¿Qué diablos? Aaron.

Era evidente que su fiel amigo, el que la había apoyado durante los peores momentos, había visto la misma foto que ella.

Y peor aún, al subir en el ascensor hasta la planta donde se encontraba ADE, recibió algunas llamadas especulativas.

Lo único que hacía falta era que un empleado comenzara los rumores... ¿Y qué mejor tema que Natalya Montgomery, la hija de Roman Montgomery, y la antigua amante del nuevo mandamás, Alexei Delandros?

«Maldita sea». Eso había que detenerlo inmediatamente.

Natalya sacó la noticia del maletín y se dirigió al despacho de Alexei. Quizá no era la mejor idea, pero estaba tan enfadada que no le importaba.

Si él se sorprendió al verla, no lo demostró, y ella odió cuando él se acomodó en la silla mirándola con interés mientras se acercaba a su despacho.

Natalya respiró hondo.

–Dejemos una cosa clara –dijo sin más–. Actuaré como una secretaria eficiente en todos los asuntos de negocios. Todo lo relacionado con lo personal queda fuera de cuestión.

–¿Define personal?

–Lo que me coloque en una situación ingrata

–¿A qué te refieres?

Natalya sacó la página del periódico y la colocó sobre el escritorio.

—A esto.

Ella lo observó mientras él leía el pie de foto y esperó su reacción, pero no hubo ninguna.

—No tengo control sobre los medios.

¿Habría rozado a propósito su cintura con la mano? ¿O es que ella era súper sensible?

Le molestaba que él pudiera hacerla reaccionar de esa manera...

—Quiero que mañana salga una rectificación en la prensa.

Alexei la miró pensativo.

—¿No crees que eso solo servirá para empeorar la situación?

Natalya respiró hondo y sus ojos se oscurecieron de rabia.

—No hay ninguna situación.

Él arqueó una ceja.

—¿Quizá quieres informar tú a los medios?

Ella apretó los labios para no decir nada. Miró a Alexei fijamente, y al ver que no reaccionaba, se volvió y salió de su despacho.

Durante toda la mañana continuó dándole vueltas a la noticia, al mismo tiempo que trataba de convencerse de que los periodistas solo estaban haciendo su trabajo. No le sirvió de mucho. No le gustaba que parte de su vida privada fuera de dominio público.

Natalya pidió comida, le escribió un mensaje a Ivana y blasfemó en silencio cuando en recepción le contaron que había varias llamadas de los medios y que no se las habían pasado.

Por la tarde, recibió un mensaje de texto en el teléfono.

Vuelo Sídney/Nueva York, lunes por la mañana.
Detalles en el ordenador. Confirma. Alexei.

¿Dos semanas? Natalya se quejó en silencio cuando abrió el ordenador y miró la agenda de Alexei.

Reuniones, algunas comidas de negocios, tres cenas de negocios. Familia.

La familia de Alexei. Así que, no todo era trabajo.

Lo que significaba que ella tendría tiempo libre para mirar algunas boutiques o disfrutar de un buen café en una de las numerosas cafeterías.

Envió un mensaje de confirmación y giró la silla hacía la ventana para contemplar las vistas del puerto. Sonrió.

De pronto, el día parecía más brillante.

El fin de semana se dedicó a revisar su armario, a hacer la lista de lo que tenía que llevar, a preguntarle a Ben si podía cuidar de Ollie... También llamó a Ivana, que se limitó a decirle:

–Cuídate, cariño –en lugar de toda una serie de recomendaciones, que era su estilo habitual.

A la mañana siguiente, cuando sonó el despertador, Natalya deseó poder quedarse durmiendo más rato.

Tenía que ser puntual. Alexei le había dicho que la recogería a las siete y media, y que estuviera preparada.

La limusina llegó puntual y Paul metió el equipaje en el maletero mientras ella se sentaba con Alexei en el asiento trasero.

–Buenos días –lo saludó

No era necesario que revisaran la agenda. Podrían hacerlo durante el vuelo.

Natalya descubrió que volarían en un jet privado.

Una especie de oficina aérea, con azafatas que les ofrecerían café y comida a bordo.

Después de revisar la agenda, Alexei comentó:

–Hay un dormitorio con una cama cómoda y un baño. Te sugiero que descanses unas horas.

–¿Y tú? –preguntó ella, sin pensar.

–Yo dormiré en el segundo turno –la miró–. ¿A menos que sugieras que la compartamos?

–Eso no sucederá.

–Tranquila, Natalya.

Ella no había sido capaz de relajarse desde el primer día en que él reapareció en su vida.

La habitación era más espaciosa de lo que ella había imaginado. Había una cama con sábanas limpias, un pequeño armario y una butaca.

Ella se quitó el maquillaje, se puso un camisón y se metió en la cama. Para su sorpresa, durmió durante más de cuatro horas y despertó descansada. Se vistió, se pintó los labios y regresó a la cabina, donde tomó café y un poco de fruta mientras Alexei trataba de descansar en la habitación.

No le resultó fácil, ya que el aroma del perfume de Natalya provocó que lo invadieran los recuerdos de la pasión que habían compartido, y lo que él pensó que era amor incondicional.

Algo en lo que resultó estar equivocado.

Sin embargo, durante las últimas semanas él había visto algún indicio de la mujer a la que había llegado a conocer tan bien. Una pizca de ternura en su sonrisa. Una pizca de melancolía.

Su manera de respirar cuando él la sostuvo entre sus brazos en la pista de baile. La tensión que percibió en ella cuando la acompañó a la puerta de su casa. Había cierto grado de vulnerabilidad que le resultaba intrigante, y ella trataba de disimular. Y casi lo conseguía.

Tras parar a repostar en Los Ángeles, llegaron a Nueva York, donde un chófer uniformado los esperaba en la sala de llegadas.

Era evidente que Alexei ya había empleado ese servicio con anterioridad, a juzgar por la manera amistosa con la que hablaba con aquel hombre.

El chófer agarró las maletas y los guio hasta una limusina negra. ¿Un chófer y un guardaespaldas?

¿Era necesario?

En Nueva York existían muchas realidades y gran mezcla de culturas. Natalya había viajado allí en algunas ocasiones y, de camino al hotel que se encontraba cerca de Central Park, se dedicó a mirar por la ventana.

«Con clase», pensó Natalya mientras subían en el ascensor hasta una planta alta, desde donde se contemplaba la ciudad que nunca dormía.

Durante los días siguientes, asistieron a varias reuniones de trabajo mientras ella trataba de mantener su perfil de profesional.

Cada día era un nuevo éxito. Las noches, no tanto.

Concertar cenas de trabajo no le molestaba, y tampoco le había molestado asistir a ellas cuando su padre era el director ejecutivo. Con Alexei era algo muy diferente.

Cinco años habían hecho que cambiara mucho. Se había convertido en un hombre totalmente diferente al que ella había conocido.

Claro que ella tampoco era la niña que creía que el amor valía para superar cualquier cosa.

«¿Cuánto se había equivocado?», pensó mientras se vestía para la noche.

Alexei le había advertido que eligiera algo formal, y ella había escogido un vestido rojo de cuello alto, pero que dejaba sus hombros al descubierto. Se maquilló resaltando sus ojos, se pintó los labios de rojo, y se peinó dejándose el cabello suelto alrededor del rostro. Agarró un chal a juego, se puso unos zapatos de tacón, respiró hondo y salió al salón contiguo para ver que Alexei hablaba por teléfono en un idioma que ella no llegaba a comprender.

Vestido con un traje de etiqueta negro, una camisa blanca y una pajarita negra, sus ojos parecían más oscuros. Y su boca... Era una boca que podía volverla loca... Tal y como ella sabía bien.

Su colonia desprendía un aroma sensual que la hacía pensar en todo lo prohibido.

Al verlo, Natalya notó que debía controlar su respiración y que todo su cuerpo se había puesto tenso.

En el espacio cerrado de la limusina, se sentía tan frágil como la pieza más delicada de cristal veneciano.

Un leve roce, y se quebraría.

Capítulo 11

LA VELADA prometía ser algo muy formal. A juzgar por el lugar, el gran comedor, la calidad de los manteles que cubrían las mesas y la lujosa cristalería y cubertería.

La seguridad era evidente. Comprobaban todas las invitaciones y los invitados eran acompañados a las mesas.

Un evento por todo lo alto.

–¿Por qué conmigo? –preguntó ella.

–¿Y por qué no?

–Es un asunto social, no de negocios.

–La línea entre las dos cosas es confusa, ¿no crees?

Natalya no pudo decir nada más porque una mujer rubia, que apareció de la nada, se acercó a Alexei por la espalda y le rodeó el cuello.

–¿Adivina quién soy?

Natalya se fijó en su anillo y su collar de brillantes, oyó su tono sensual y sintió un nudo en el estómago.

¿Una amiga? ¿Una amante?

–Stassi –dijo Alexei, divertido. Ella lo soltó y se colocó delante–. Tu perfume es inconfundible.

La chica se rio y se puso de puntillas para besar a Alexei en la mejilla. Después, se giró hacia Natalya.

–¿Y tú eres...?

–Natalya –contestó Alexei–. Deja que te presente a mi prima, Stassi.

–Somos familia –comentó Stassi–. Así que Alexei está fuera de mi alcance, por desgracia. Aunque de vez en cuando hace de pareja –miró a Natalya y después a Alexei–. ¿Y tú eres la...?

–Una amiga –contestó Alexei.

–Ajá. El eufemismo de...

–Amiga –insistió él.

–Su secretaria personal –lo corrigió Natalya.

Stassi sonrió.

–Trabajo y placer. Una combinación interesante –sonrió mirando a Alexei–. ¿Sabes que tu madre piensa hacer una cena familiar en tu honor? Estará encantada de conocer a Natalya.

–No creo que mi presencia sea apropiada.

–Alexei tratará de convencerte –dijo Stassi, con una risita–. Eso se le da muy bien. He de regresar con mis padres. Planean presentarme a un hombre estupendo que, según mi querida mamá, tiene un potencial excelente como marido. Será una noche divertida –se besó los dedos y los colocó sobre la mejilla de Alexei–. Cuídate.

Stassi se volvió hacia Natalya y le dijo:

–Espero volverte a ver.

–Tu prima es encantadora –comentó Natalya.

–Lo es. También es muy inteligente. Es licenciada en Derecho Penal. Ama la vida, y no tiene intención de casarse, ni ahora ni en un futuro cercano. Para decepción de su madre.

–Está claro que no ha conocido al hombre adecuado.

–¿El matrimonio es tan importante?

Natalya no estaba preparada para contestar. Cinco años antes habría dicho que el matrimonio representaba un compromiso para toda la vida, amor imperecedero, una familia... E incluía cualidades como confianza, fe y respeto. Compartir lo bueno y lo malo, sin culpa ni arrepentimiento.

–¿Nada que decir?

–Depende mucho del plan de vida de cada uno, ¿no crees?

–¿Y cuál es tu plan?

–Eso es personal.

Durante un instante, a ella le pareció ver un cambio en su expresión, y se preguntó si no sería una jugada de su imaginación.

–Quizá deberíamos sentarnos en nuestra mesa –le indicó Alexei, e inclinó la cabeza hacia el empleado que los esperaba para acompañarlos a la mesa.

«Lo mejor de la sociedad», pensó Natalya, mientras bebía un sorbo de excelente vino francés. Era parecida, pero muy diferente, a otras funciones benéficas a las que ella había asistido en otras ocasiones. Había muestras de extrema riqueza en los vestidos de diseño que llevaban las mujeres, y solo con sus joyas podría haberse financiado alojamiento y comida para un país pobre.

El salón era enorme, pero se llenó enseguida. La música de fondo se perdió entre las voces de la gente, mientras los camareros servían copas de champán y vino bueno.

–Querido Alexei –dijo una mujer que estaba sentada en la mesa de frente–. Había oído que habías aterrizado por esta parte de la ciudad, así que me alegro de que nos honres con tu presencia. Claro que tienes interés personal en la organización benéfica –sonrió y miró a Natalya con interés–. Has traído una nueva amiga. Se llama Natalie, ¿no?

–Natalya –sonrió ella mientras la corregía.

–¿De origen ruso?

–Era el nombre de mi bisabuela.

–Qué interesante.

La historia de su bisabuela era interesante... La historia de una familia que escapó de una vida de pobreza para asentarse en la granja de un pariente lejano al norte de Europa. Con tan solo dieciocho años se casó y tuvo cuatro hijos. La más pequeña, la abuela de Natalya, que viajó a los EE. UU. de adolescente, encontró trabajo y alojamiento en un viñedo de California, pidió prestada una máquina de coser y cosió ropa de niño hasta altas horas de la madrugada. Los bordados eran su especialidad, y al principio vendía los camisones gracias al boca a boca, hasta que se animó y empezó a venderlos directamente a una tienda de ropa de niños en un pueblo cercano. Como en una novela, su abuela se casó con el hijo del dueño del viñedo, y tuvo un hijo y una hija. Por desgracia, su marido y su hijo se mataron en un accidente junto a los padres de su esposo. La abuela de Natalya intentó gestionar el viñedo, pero decidió venderlo al cabo de dos años y comenzó una nueva vida con su hija Ivana en Australia. Abrió una tienda en Sídney y, poco a poco, consiguió exportar la ropa de niños al extranjero.

Natalya admiraba a Babushka, una mujer fuerte moral y emocionalmente. Una mujer que había trabajado cada día de su vida y para la que la familia lo era todo.

–¿Más champán?

La voz de Alexei hizo que volviera a la realidad y Natalya sonrió antes de rechazar la copa.

Apagaron la música y empezaron el discurso de bienvenida, seguido por la descripción del proyecto de la organización benéfica y la petición de que la gente fuera generosa con sus donativos.

El evento fue un éxito en todos los sentidos. Los invitados lucían sus mejores galas, la comida estaba deliciosa y había champán de sobra.

Natalya comparó la velada con alguna de las que había pasado con su padre. La tensión iba aumentando a medida que su padre bebía más alcohol y ella intentaba minimizar los efectos colaterales. El alivio llegaba cuando la noche se daba por terminada y podían marcharse.

Esa noche, la tensión era de otro tipo, y estaba provocada por su reacción ante la presencia de Alexei. La sensualidad amenazaba su cordura. ¿Qué iba a hacer al respecto?

—Esta noche cenaremos en casa de mi madre.

El comentario que Alexei le hizo al día siguiente, durante el desayuno, provocó que Natalya se quedara un instante sin respiración.

Ella dejó de teclear durante unos segundos. ¿Seguro que lo había oído bien?

—Estoy seguro de que disfrutarás pasando tiempo con ella —contestó Natalya con sinceridad, antes de comenzar a teclear de nuevo.

Tenía que transcribir las notas que había grabado en las reuniones del día anterior antes de comer y de la consulta de media tarde, donde se pondría un traje y unos tacones para dar una imagen más profesional.

Él también iba vestido de forma informal, con unos vaqueros y una camiseta de color negro que resaltaba sus anchas espaldas y la musculatura de sus brazos. También su cintura y sus marcados abdominales. El hecho de que hacía deporte se hacía evidente en cada movimiento.

Ella deseaba explorar cada músculo con sus manos, quitarle la camiseta para acariciar su piel...

Notó cómo contenía la respiración cuando ella le desabrochó el cinturón y el botón del pantalón. Después, le bajó la cremallera de los vaqueros, con un juego sensual que solo podía tener un final... Él le acarició los senos e inclinó la cabeza para besarle los pezones y succionar con delicadeza.

La manera en que ella le acariciaba el vientre para llegar hasta su miembro mientras él la besaba en la boca de forma apasionada, hasta que los juegos preliminares no resultaban suficiente. Ni tampoco las promesas sensuales de ofrecerle placer sexual.

«Déjalo ahí», le advirtió una vocecita interior a Natalya, mientras revivía un recuerdo erótico que habían compartido.

Alexei la miró a los ojos, como si supiera lo que ella estaba pensando.

Ella era incapaz de moverse, ni tampoco tenía capacidad de articular palabra.

Había sido un instante, pero tardó un año en recuperarse y volver a centrarse en su trabajo.

–Tú también estás invitada.

Natalya presionó la tecla equivocada. Podía enfrentarse a la parte profesional, pero cenar con la madre de Alexei entraba en una categoría completamente diferente.

–¿Tendremos que tomar notas esta noche? –preguntó ella.

La expresión de Alexei permaneció inmutable.

–Posiblemente, teniendo en cuenta que mis dos hermanos y yo formamos parte de una sociedad que tiene su sede en Europa. Aunque en principio, lo de esta noche será una reunión familiar.

Natalya sintió un nudo en el estómago. Ella no solía visitar a su familia, y menos a la familia de un exnovio.

Tuvo que contenerse para no soltar una risita. ¡Como si hubiera tenido más de un novio!

Un par de encuentros íntimos que no habían terminado bien, cuando le habían pedido más de lo que ella estaba preparada para dar.

—Teniendo en cuenta que es una reunión familiar, y que no se discutirá ningún tema de trabajo a un nivel que requiera mi presencia, yo...

—¿No irás? —Alexei arqueó una ceja—. Mi madre te espera. Mi cuñada estará encantada de tenerte para suavizar lo que ella llama el exceso de testosterona —esbozó una sonrisa—. A pesar de que tiene cariño a sus dos cuñados.

—No creo que sea apropiado.

—¿De qué tienes miedo, Natalya? ¿De qué nos inviten a pasar la noche?

«¿En la misma habitación? ¿Qué sabía la familia de Alexei acerca de su relación de antes?»

—Todos tus miedos son infundados.

¿Era verdad? ¿Entonces por qué estaba alerta? Ella no necesitaba recordar lo que habían compartido. Se había enfrentado al pasado, lo había superado, y se había creado una vida agradable.

«¿A quién crees que estás engañando?»

—Estoy de acuerdo —consiguió decir.

Alexei se acercó y, antes de que ella pudiera reaccionar, la besó de forma apasionada.

Ella intentó quejarse y levantó las manos para detenerlo, pero el beso la transportó al lugar y al momento donde todo iba bien entre ellos.

Comenzó a besarlo también, sin importarle a dónde llegarían y si tendría fuerza para salir de ahí.

Entonces, él la soltó y la realidad apareció de golpe.

–¿Ha sido un experimento, Alexei? –consiguió preguntar ella, con cierto desdén en su voz. Había visto un brillo oscuro en la mirada de Alexei, justo antes de que él consiguiera disimularlo. Intentó mantener las emociones bajo control. Las palabras *te odio*, continuaban sin ser pronunciadas...

¿O era a sí misma a quien odiaba? Por haber sucumbido a la magia que habían compartido. Y su vívido recuerdo.

–Una respuesta.

–¿Tú crees?

Esforzándose por mantener la calma, Natalya se acercó al espejo, sacó su lápiz de labios, se retocó el maquillaje, recogió su maletín y metió el ordenador y la grabadora y se dirigió a la puerta de su habitación de hotel, consciente de que Alexei caminaba a su lado mientras se dirigían hacia el ascensor para bajar a la recepción. Preparada para convertirse en la excelente secretaria que asistiría a todas las reuniones que tenían por delante.

Capítulo 12

CALISTA Delandros vivía en la parte elegante de Georgetown.

Una mujer esbelta y elegante que recibió a su hijo con un cálido abrazo, antes de tender la mano para saludar a la mujer que lo acompañaba.

—Natalya. Bienvenida a mi casa —su sonrisa era sincera—. La familia os está esperando en el salón. Vamos.

Calista los guio hasta una sala donde dos hombres charlaban de pie. Eran los hermanos de Alexei, a juzgar por su estatura y sus rasgos faciales. Una mujer embarazada le daba la mano a una niña.

—Cristos —Alexei abrazó a su hermano antes de continuar—. La esposa de Cristos, Xena, y su hija, Gigi. Mi hermano pequeño, Dimitri —se volvió para presentar a Natalya—. Natalya, mi secretaria personal.

Natalya sonrió... Una sonrisa educada y profesional. Fue la hija de Xena la que captó su atención. Una niña menuda, con el cabello rizado, que tenía una sonrisa que derretiría corazones.

—Gigi es un nombre bonito —dijo Natalya.

—Gracias.

Durante unos instantes le costó ignorar el dolor que sentía en su corazón.

Le resultó bastante sencillo conversar a medida que avanzaba la noche. Un talento que ella había desarrollado durante la adolescencia, sumado a su interés por los asuntos mundiales y su verdadero encanto.

Aceptó una copa de vino y la disfrutó mientras observaba la dinámica familiar, sus gestos de cariño y el interés verdadero que mostraban por sus vidas.

Cristos dirigía la rama neoyorquina del negocio familiar, mientras que Dimitri viajaba a las sedes interestatales y mantenía una vida social muy activa.

La familia era originaria de Grecia, como el difunto esposo de Calista.

Xena era encantadora, y estaba feliz de que la criatura que llevaba en el vientre fuera un niño.

La comida estaba deliciosa, y Natalya se sentía muy cómoda. Gigi empezó a tener sueño y decidió irse a dormir, ya que pasaría la noche en casa de su abuela.

Eran una familia agradable, y mostró interés por el trabajo de Natalya como secretaria de Alexei y por su familiaridad con el sector de la electrónica... aunque no por el porqué, o cómo había adquirido dichos conocimientos.

Eran después de las once cuando la velada terminó.

–Pareces sorprendida –comentó Alexei cuando el coche se alejó de la casa.

–¿En qué sentido? ¿Por qué has elegido no presentarme como la hija de Roman Montgomery?

–¿Preferirías que lo hubiera hecho?

–Quizá debería darte las gracias.

–Déjalo, Natalya.

El ambiente había cambiado de repente. Algo personal que no había sentado bien, y por diversos motivos ella se negaba a indagar.

Se sintió aliviada cuando Alexei detuvo el coche

frente a la entrada del hotel, donde un hombre uniformado llamó a un empleado para que condujera el coche hasta el aparcamiento.

Tras unas palabras y una propina generosa se encaminaron hacia los ascensores que los llevaría a su habitación.

Alexei, Cristos y Dimitri mantuvieron reuniones de alto nivel, a las que asistieron sus respectivas secretarias, y durante las que negociaron acuerdos y añadieron valiosas propiedades a la cartera de la empresa, a un ritmo que hizo que Natalya se asombrara al ver su poder y experiencia.

«Poder despiadado», añadió en silencio al final de un duro día... Un día al que todavía le quedaba bastante para terminar. Informes, la cena, resaltar los puntos importantes de las grabaciones para mandárselas a Alexei a su ordenador. Una ducha, la cama, dormir...

Excepto que dormir le resultó imposible y Natalya permaneció mirando al techo durante mucho rato, hasta que decidió salir de la cama, ponerse un chal y dirigirse al salón. Una vez allí, se acercó a los ventanales, separó las cortinas y contempló las luces de la ciudad.

–Es un poco tarde para admirar la vista.

Las palabras de Alexei provocaron que a Natalya se le entrecortara la respiración.

–Es mejor que contar ovejas –dijo ella, sin pensarlo.

–¿Te preocupa algo?

«Tú», deseaba decirle, «todo el día delante de mí. Un constante no te necesito, y no te deseo».

Porque... Ella no quería explorar el porqué.

De acuerdo, conformaba con la parte laboral, lo que no le gustaba era la parte de estar muchos días fuera de casa. Lejos de donde poder retirarse en su propio santuario.

—Acuéstate. Mañana tenemos otro día intenso.

—Quizá tú deberías seguir tu propio consejo.

¿Iba a admitir que no podía dormir? Su imagen lo perseguía, alimentando el deseo de tomarla entre sus brazos, besarla y dejar que pasara lo que pasara.

Entonces, ¿por qué dudaba?

Con cualquier otra mujer habría seguido el juego de la seducción, habría aceptado la invitación silenciosa y habría disfrutado de la actividad sexual, sin poner en riesgo su corazón.

Natalya... Su relación pasada se estaba entrometiendo mucho en su intención de venganza. Entonces, ¿por qué no cuestionaba lo que daba por hecho?

Algo no cuadraba...

Sintió el deseo de hacer lo inesperado, así que, levantó la mano y le acarició la mejilla. Notó que ella estaba tensa.

—No.

—¿No?

Si ella se dejaba llevar por el deseo sexual, le arrancaría la ropa del cuerpo y... ¡Al diablo con las consecuencias!

¿Cuántas noches había pasado despierta, ardiente de deseo por él?

Alexei la miró mientras ella regresaba hacia su habitación, oyó la puerta al cerrarse y permaneció allí varios minutos.

No podía dejar de pensar en cómo había reaccionado. El temblor de sus labios y el calor de su mejilla al acariciarla.

También era demasiado consciente de la reacción de su propio cuerpo

Durante los pasados cinco años había trabajado casi veinticuatro horas al día, alentado por el deseo de triunfar para poder vengarse. Había medido cada movimiento, cada estrategia, ya que solo podía haber un superviviente... él.

Había ganado.

Debía sentirse satisfecho.

Entonces, ¿por qué tenía la sensación de que algo había cambiado en el juego?

El fin de semana le ofreció un cambio de agenda. El día era precioso y Natalya decidió visitar algunas de las tiendas famosas de Nueva York.

Tuvo la oportunidad de relajarse, saborear un café y un pastel, y explorar por donde le apetecía. Sentarse y observar a la gente pasar. Disfrutar del ambiente cosmopolita.

Y de estar alejada de la poderosa presencia de Alexei.

—Asegúrate de llevarte el teléfono para que pueda localizarte en caso de que sea necesario —le había dicho él.

—Por supuesto. Aunque te recuerdo que es mi día libre.

—Pero no la noche. Delandros Corporation celebra la cena anual para conmemorar el amor que sentía mi difunto padre por Grecia, su lugar de origen. Mi madre insiste en que nos acompañes.

La invitación de Calista Delandros era difícil de rechazar.

—No creo que sea...

–¿Apropiado? –preguntó Alexei.

–No.

–¿Y cuál es el motivo? –preguntó con una medio sonrisa.

–Es una ocasión importante para la familia y los amigos. Mi trabajo como secretaria no encaja en esa categoría.

–Considéralo como una petición personal.

–Lo personal no entra en la agenda.

Él sonrió.

–El límite se ha vuelto algo confuso.

–No por mi parte –confirmó Natalya.

Él quería que ella cambiara de opinión, y lo haría... pronto.

–Mi madre se decepcionará mucho si rechazas la invitación –decidió chantajearla.

Natalya deseó negarse, pero cedió.

–Acepto, teniendo en cuenta que la invitación es de tu madre.

–Pediré una limusina para las siete.

–Me aseguraré de llegar a tiempo.

Al bajar en el ascensor y salir caminando a la calle, Natalya experimentó una gran sensación de libertad.

Se dirigió a las tiendas y buscó un regalo para Ivana, un colorido top para Anja, y un collar para Alfie, el perro de Ben.

La tarde resultó agradable y relajante. Regresó a la suite y descubrió que estaba vacía. Encontró una nota y la leyó antes de dirigirse a su dormitorio.

Un hombre podía ducharse, vestirse y estar preparado en menos tiempo que una mujer...

No obstante, Natalya terminó cinco minutos antes que Alexei. Iba vestida con una falda negra, una camisola a juego y una chaqueta roja. El maquillaje impecable y unos pendientes como única joya.

Él iba vestido de etiqueta, y su barba incipiente le añadía una masculinidad imposible de ignorar.

—¿Una copa antes de marcharnos?

Natalya negó con la cabeza. Él miró el reloj, recogió las tarjetas para abrir la puerta, y la guio fuera de la habitación.

La noche transcurrió de forma agradable, gracias a la compañía de Calista y su familia.

Una limusina los llevó a un local privado en las afueras de la ciudad, donde los coches estaban aparcados en la calle, y el ritmo de la música griega resonaba en el aire de la noche. Cuatro limusinas habían trasladado a los miembros de la familia Delandros y se habían detenido a la entrada del edificio de una planta.

—Sonríe —dijo Alexei, cuando el conductor bajó para abrirles la puerta y se reunieron con Calista, Cristos y Xena, y también Dimitri.

Cada miembro de la familia saludó personalmente a los invitados. Después, todos se sentaron y comenzó la velada.

Una velada donde se mezclaba la formalidad con las anécdotas que Alexei, Cristos y Dimitri contaron acerca de su querido padre, las especialidades de la cocina griega, y la risa.

Una verdadera celebración de una vida bien vivida. De honor, trabajo duro y la alegría de la familia.

Más tarde pusieron música tranquila, que evocaba la brisa marina de las islas griegas, los pescadores lanzando las redes, y los hombres, como el esposo de Calista, que construyó casas preciosas en su querida Santorini.

–¿No es lo que esperabas? –le preguntó Calista a Natalya–. Hacemos esto cada año, y el dinero lo donamos a los menos afortunados. Pronto empezará el baile, y los hombres se moverán al ritmo del *bouzouki*. Cada invitación lleva un número para el sorteo de un crucero de diez días alrededor de las islas griegas y una estancia de tres días en Santorini.

Era una bonita celebración, y Natalya lo comentó.

–Mi esposo trabajó mucho para poder ofrecerles a mis hijos una buena educación, para que apreciaran las cosas buenas de la vida, y que siempre recordaran sus orígenes.

–Su éxito se debe a vosotros dos –comentó Natalya con sinceridad.

–Gracias.

La música era tentadora y las parejas comenzaron a salir a la pista de baile. Los primeros, Alexei y su madre. Después, Cristos y Xena.

–Es nuestro turno –indicó Dimitri. Y al ver que ella dudaba un instante, añadió–. No muerdo.

–Bueno saberlo.

Era la versión joven de Alexei.

–¿Te importaría si te abrazo un poco más?

Ella lo comprendió enseguida.

–¿Intentas llamar la atención de alguien?

–Ajá.

Natalya sonrió.

–Dudo que fracasaras a la hora de atraer la atención de una mujer. Así que si quieres usarme de señuelo –bromeó Natalya–, ¿puedes decirme quién ha llamado tu atención? ¿La rubia que se te está comiendo con la mirada? ¿No? Hmm... ¿La mujer de la mesa de la izquierda? ¿O la que lleva el vestido de color bronce con un colgante de diamantes?

–Eres mucho más que una cara bonita –comentó Dimitri con una risita.

–Estoy entrenada para observar.

–Algo que se te da bien.

–¿Vas a decirme quién es?

–¿Por curiosidad o por verdadero interés?

–Por interés.

–Una abogada que trabaja en la empresa de su padre.

–¿No tiene nombre?

–Si te lo dijera, tendría que matarte.

–Está bien –sonrió Natalya.

–Y... ¿Alexei?

La pregunta era inesperada.

–¿Qué es lo que hay entre vosotros?

–Has malinterpretado.

–Discrepo.

Subió el volumen de la música y las parejas comenzaron a hablar más alto. Algunas tropezaban en la pista de baile, pero a nadie parecía importarle.

Alexei apareció al lado de Natalya y la llevó de nuevo a la pista de baile sin darle la oportunidad de protestar.

–No me sé los pasos —protestó ella.

–No importa. Yo te guiaré.

Al poco rato, ella había aprendido los pasos y se dejó llevar por la música, el ambiente, y el hombre que la guiaba.

Hasta que empezó a sonar música lenta y Alexei la estrechó contra su cuerpo. Ella tuvo que contenerse para no apoyar la mejilla contra su pecho.

El sonido del *bouzouki* invadía el ambiente, y evocaba los recuerdos de aquellos que regresaban año tras año para revivir la magia de lo antiguo y lo moderno, la historia y el futuro.

«Es especial», pensó Natalya, y sintió que se le encogía el corazón.

Después del baile sirvieron café, y realizaron el sorteo. Como era tradición, Calista sacó un papelito de una urna y leyó el número premiado.

Hubo un grito de victoria y los invitados aplaudieron. La música continuó hasta que los invitados empezaron a despedirse y los coches fueron desapareciendo poco a poco.

Había sido una noche memorable, y Natalya se lo dijo a Calista y le agradeció la invitación. Después se despidió de Xena, Cristos y Dimitri, y se dirigió a la limusina que Alexei había alquilado para que los llevaran de vuelta al hotel.

–¿Has disfrutado de la noche?

–Ha sido estupendo –sonrió ella–. El sitio, la música. La idea de que todo el mundo se junte por una cosa así. Reviviendo los recuerdos del pasado, compartiendo la amistad durante años...

Alexei observó su rostro relajado por el placer, y se contuvo para no estrecharla contra su cuerpo y besarla en la boca.

El deseo lo invadió por dentro y su cuerpo reaccionó. Deseaba lo que ella podía darle, mientras él la complacía. Sexo, ¿como una manera de definir el amor?

No funcionaba de ese modo. El amor era un regalo del corazón, algo incondicional. Una fuerza de la naturaleza compartida por dos personas cuyas vidas se unían inexplicablemente para siempre.

¿No había buscado algo parecido durante los años? Solo para descubrir que las mujeres estaban más interesadas en su dinero que en su corazón.

La limusina se detuvo en la curva de entrada al hotel. Era tarde, pero la ciudad seguía viva.

«Una ciudad que nunca duerme», pensó Natalya mientras subían en el ascensor.

Una vez en la suite, Natalya se quitó los zapatos de tacón y la chaqueta, le dio las buenas noches a Alexei y se retiró.

Él la dejó marchar.

Y blasfemó en silencio... por las oportunidades perdidas.

Deseo... por una mujer. No por cualquier mujer... Podría tener a muchas dispuestas a darle lo que él quería.

Sexo entre las sábanas, solo para saciar su cuerpo. Nada más.

Él era selectivo... Directo. No daba falsas esperanzas.

Satisfacción sexual por un precio.

Con Natalya no había sido así. Lo que habían compartido permanecía en lo más profundo de su ser. Un recuerdo que no había conseguido erradicar, por muchos intentos que hubiera hecho.

Ella estaba allí, formaba parte de él, igual que cada latido de su corazón.

Alexei tenía mucho autocontrol. En la sala de juntas.

Una puerta lo separaba de la habitación de Natalya. Podría entrar, seducirla, y quizá consiguiera obtener su conformidad.

¿Por qué no lo hacía?

Perder no era una opción.

Capítulo 13

LOS SIGUIENTES días tuvieron varias reuniones entre Alexei, Cristos y Dimitri para explorar las estrategias de compra de una empresa que estaba al borde de la quiebra.

Natalya grabó mientras cada uno daba sus opiniones y puntos de vista, hasta que decidieron hacer un descanso.

–No tienen más opción –comentó Dimitri cuando se reunieron de nuevo.

–A menos que United venda más barato que tú –comentó Natalya, y vio que los tres hombres la miraban desconcertados.

–Un comentario interesante –comentó Cristos–. ¿En qué lo basas?

–Tienden a quedarse al margen, y después saltan justo cuando se va a ofrecer un acuerdo competitivo.

Alexei entornó los ojos y se acomodó en la silla.

–No son uno de los jugadores principales.

Dimitri se inclinó hacia delante.

–¿Tienes experiencia con sus tácticas?

Ella inclinó la cabeza.

–Saben cómo jugar.

–Y nosotros también –comentó Cristos, mirando a Alexei–. ¿Un plan alternativo?

Natalya recordaba que dos años antes, United ha-

bía complicado las negociaciones de su padre, aver-
gonzándolo, engañándolo y dejándolo fuera de juego.

–Ahí lo tienes –comentó Dimitri–. Secretaria es un
cargo poco apropiado.

–Imagino que la capacidad de observación que
tiene Natalya salvó la falta de atención que ponía Roman Montgomery en el mundo de los negocios.

«Si mi padre me hubiera escuchado», pensó ella en
silencio.

Natalya señaló la cafetera.

–¿Alguien quiere más café?

Todos dijeron que no, así que ella recogió las tazas
y llevó la bandeja al aparador.

La reunión continuó un rato más. De vez en cuando,
Dimitri rompía el ritmo bromeando y Natalya sonreía.
En un momento dado, ella tuvo que contenerse para
no reír, y Alexei fulminó a Dimitri con la mirada.

Cuando terminaron, Dimitri se marchó mientras
Alexei acompañaba a Cristos.

–Natalya es una excelente secretaria.

Alexei miró a su hermano.

–Estoy de acuerdo.

–También es la hija de Roman Montgomery –añadió Cristos–, y la mujer con la que tú saliste durante
tu estancia en Sídney.

–¿A qué viene esto? –preguntó Alexei–. Aparte de
que no es asunto tuyo.

–No nos contaste por qué regresaste a Nueva York
después de vivir en Australia.

–Echaba de menos esto... Y la familia.

–Hubo algo más, a menos que esté equivocado
–esperó un poco y añadió–. Dimitri ha estado coqueteando con ella. Y no te ha gustado.

–Natalya es mi secretaria.

–A Dimitri le gusta jugar. Ambos sabemos que es inofensivo. Sin embargo, su forma de actuar te ha parecido inapropiada.

–Estaba fuera de lugar durante una reunión.

–Dimitri trataba de conseguir una reacción. Es interesante que lo haya conseguido.

–Basta –dijo Alexei.

Cristos levantó las manos como para calmarlo y sonrió antes de dirigirse hacia los ascensores.

Natalya se centró en resumir los puntos clave de la reunión, en reservar un sitio para comer y en solucionar imprevistos de manera tranquila y calmada.

Todo lo que requería su cargo.

Al final del día, lo único que deseaba era darse una ducha, cambiarse de ropa y relajarse.

«Te deseo suerte» le dijo una vocecita, cuando recibió la llamada que decía que los agentes financieros afiliados con la empresa en quiebra estaban dispuestos a negociar.

Ella acompañó a Alexei hasta los ascensores que los llevaría hasta la sala de juntas donde se llevaron a cabo las duras negociaciones, en las que resultaron ganadores los hermanos Delandros.

Un éxito más.

Cualquier celebración se retrasaría hasta que se completaran las formalidades legales.

Natalya miró el reloj de pared y trató de no pensar en lo cansada que estaba, mientras seguía a los hombres fuera de la sala

Estaba agotada. Era tarde y necesitaba tiempo para relajarse y dormir antes de continuar con las reuniones del día siguiente. En esos momentos pensaba que se había ganado cada céntimo de su sueldo.

–Enhorabuena –le dijo a Alexei cuando entraron en

la suite y él comenzó a quitarse la chaqueta y la corbata.

Alexei la miró y se fijó en que tenía ojeras y parecía cansada.

Sin decir palabra, dejó la chaqueta y la corbata sobre una silla y se acercó a Natalya. Colocó las manos sobre sus hombros y comenzó a masajeárselos.

Natalya no se movió. Era tan agradable que, poco a poco, la tensión comenzó a disminuir y a convertirse en algo más... él le retiró las horquillas del cabello y le acarició el cuero cabelludo, relajándola, y llevándola a un lugar donde sería muy fácil sucumbir.

Alexei la besó en la frente, deslizó los labios sobre su sien y bajó hasta su boca, acariciándola con la lengua con una promesa de seducción.

Natalya lo permitió, hasta que la realidad empezó a tomar fuerza.

Ya había pasado por eso antes, se había quedado embarazada y había sufrido un aborto. El médico le había advertido que antes de quedarse embarazada otra vez debía tomar ciertas precauciones para evitar otra pérdida.

No estaba tomando anticonceptivos... ¿Y si Alexei no iba preparado? O peor aún, ¿y si se quedaba embarazada?

Cerró los ojos y volvió a abrirlos cuando una vocecita gritaba *no* en su cabeza.

–No mantengo relaciones esporádicas –comentó ella.

–Te quiero en mi vida –dijo Alexei.

Ella lo miró a los ojos sin saber qué decir...

Alexei le acarició los labios con un dedo.

–¿Es mucho pedirte que compartamos lo que tuvimos una vez?

–No me gusta lo de tener amantes –dijo ella.

Se odiaba por haber bajado la guardia, por estar tentada a permitir que él la besara y sentirse viva. A aceptar lo que él le ofrecía, sin pensar en las consecuencias.

Estuvo a punto de ceder, consciente de lo fácil que sería dejarse llevar...

Sin pensarlo, se separó de él, agarró la chaqueta y la tarjeta de la habitación y salió de la suite. Necesitaba alejarse de él.

En lugar de llamar al ascensor decidió bajar un piso por las escaleras y, al ver que el ascensor estaba allí, aprovechó y bajó hasta la calle.

El aire era fresco. La zona estaba bien iluminada y, en esos momentos, estaba tan enfadada que no valoró los peligros de caminar sola por una ciudad que no conocía bien.

Después de caminar un par de manzanas, empezó a pensar que debía regresar.

«Tonta», se regañó en silencio. ¿Qué conseguiría con eso? Nada. Aparte de demostrar que había perdido el sentido común.

«¡Basta!». Se había dado cuenta de que ni siquiera tenía el bolso, ni dinero...

Cuando los ojos se le llenaron de lágrimas, se los secó con el dorso de la mano. Se volvió y vio que Alexei se acercaba a ella.

–¿Me estabas siguiendo?

–Iba unos metros por detrás.

–Eso es... –no le dio tiempo a terminar porque él se acercó y la silenció con un beso apasionado. Después le acarició el trasero, la estrechó contra su cuerpo y contra su miembro erecto y continuó besándola hasta que ella perdió la noción del tiempo.

Al momento, el sonido de un claxon y el grito de un hombre diciendo:

—¡Alquilad una habitación!

Fue como un jarro de agua fría. Natalya retiró la boca de golpe e intentó liberarse, pero no lo consiguió.

—Vamos a hablar —dijo él—. Regresemos al hotel.

Sin avisar, la agarró de la mano y comenzó a caminar. Ella le golpeó en la espalda con el puño, y él ni se inmutó.

Alexei continuó caminando.

Natalya le dio un puñetazo en las costillas, y él siguió sin reaccionar.

—Alexei, para —exigió ella—. Por favor.

—¿Vas a comportarte?

Ella permaneció en silencio hasta que llegaron al hotel. Una vez allí, se dirigieron a los ascensores y Natalya no volvió a mirarlo hasta que llegaron a la suite.

Una vez allí, se volvió hacia él y dijo:

—¡Quiero marcharme! Mañana por la mañana recibirás mi dimisión.

Le dio la espalda y se dirigió a su habitación.

En aquellos momentos no le importaba nada.

Había terminado. Con él, y con aquella situación.

—Nunca imaginé que fueras una cobarde.

Oyó las palabras de Alexei cuando se disponía abrir la puerta de la habitación.

—¿Por qué? —se volvió y lo fulminó con la mirada—. ¿Por qué me has besado?

—Me has acompañado a cada paso —contestó él.

—Ya no soy a chica que conociste hace tiempo.

—¿No?

—Ya te habrás dado cuenta.

–¿Cuéntame en qué has cambiado?

–Esta conversación no tiene sentido.

–Yo creo que sí lo tiene.

Natalya se sentía como si estuviera al borde de un precipicio, dividida entre la necesidad de soltar la rabia que la invadía o de vivir, aunque se arrepintiera después.

–Te marchaste sin decir palabra –el doloroso recuerdo provocó que se pusiera muy tensa–. Te llamé muchas veces. Busqué en tu apartamento, y en los hospitales y pregunté a todos aquellos que podían saber algo acerca de tu paradero. Te mandé mensajes, correos electrónicos, suplicándote que me dieras una explicación.

Cerró los puños y se clavó las uñas en la palma, pero no sintió el dolor.

–Solo pedía que alguien me dijera si estabas vivo o muerto.

Después de cinco años, el dolor que había sentido después de que la hubiera abandonado seguía presente. Como el de una herida que no había llegado a cerrarse.

–¿Sabes lo que era despertar cada día y esperar una llamada, o un mensaje, que pudiera calmar el sufrimiento que sentía? Al final desesperas, y llega la necesidad de aceptar que ya no existe el camino por el que habías encaminado tu vida.

–Sí.

Ella no podía parar de hablar. Necesitaba decírselo todo.

–O peor, ¿la angustia de no saber qué había ido mal? ¿Por qué no contestabas a mis mensajes? ¿Para que pensara lo peor?

Él se acercó y la agarró por los hombros.

–Para un poco –le pidió con tranquilidad.

–¿Por qué? –ella cerró los ojos, y los abrió de nuevo al sentir que él la sujetaba por la barbilla.

–No recibí ninguna carta, ni ningún mensaje.

Natalya le retiró la mano.

–¿Pretendes que me lo crea?

Él se puso tenso.

–Dejé mensajes en tu contestador automático. Y también te envié mensajes de texto. ¿Quiere decir que nunca los recibiste?

Natalya se quedó sin habla y se puso pálida.

–No –susurró después–. Nada.

¿Cómo podía haber sucedido?

De pronto recordó que cuando se mudó de apartamento y perdió el teléfono, su padre insistió en remplazar todos sus números, tanto el personal como el del trabajo, por otros de otra compañía. También le propuso cambiar de correo electrónico por un motivo que, en aquel entonces, parecía válido.

Su padre.

–¿Cómo pudo hacer tal cosa?

–Roman quería que te casaras, y yo no era un buen candidato.

–Cuéntamelo. Necesito saber todo lo que hizo mi padre.

–Roman me exigió que terminara mi relación contigo, y me entregó un cheque de gran cantidad. Yo lo rompí.

Natalya no podía creer que su padre hubiera llegado a esos extremos. Era imperdonable.

Habían perdido cinco años de sus vidas.

Y el aborto.

Natalya sintió frío y se cubrió el vientre con la mano.

Cerró los ojos para tratar de tranquilizarse. Después, los abrió y miró a Alexei fijamente.

–Él te despidió, ¿verdad? Y te amenazó con impedirte que consiguieras un trabajo en cualquiera de las empresas de electrónica del país.

Él no dijo nada, pero no hacía falta. La vedad estaba presente.

Cerró los ojos y Alexei le dio la mano para atraerla hacia él. Había magia en la manera en que él la besó en el cuello e inhalaba su aroma.

Natalya notó que el deseo la invadía por dentro, y cuando él la tomó en brazos para llevarla al dormitorio, gimió.

Él notó las lágrimas de Natalya a través de la tela de la camisa, y la besó en la frente.

Con cuidado, la dejó de pie en el suelo y la miro a los ojos mientras la desnudaba.

Ella notó el calor de sus dedos cuando le desabrochó el sujetador. Sus senos, una vez liberados, se pusieron turgentes con anticipación y, cuando él se los acarició, ella contuvo un gemido.

Alexei inclinó la cabeza y cubrió su pezón con la boca para juguetear sobre él con la lengua.

El deseo se apoderó de ella y Natalya pensó que iba a volverse loca.

Como si lo supiera, Alexei le bajó la ropa interior, le acarició el interior de los muslos y buscó su clítoris... acariciándole los pliegues húmedos de su sexo mientras ella se arqueaba contra su mano, suplicando.

Alexei se quitó la ropa y ella comenzó a acariciar su cuerpo musculoso y su miembro erecto.

No quería esperar. Cuando él introdujo un dedo en su cuerpo y la llevó al clímax, ella se estremeció con fuerza.

No era suficiente. Necesitaba más, mucho más, y él lo sabía. La besó de forma apasionada y cuando ella gimió, el levantó la colcha y colocó a Natalya sobre la cama.

Ella lo besó y exploró su cuerpo con la boca. Jugueteó con sus pezones y se los mordisqueó antes de bajar hasta el ombligo. Momentos después, le acarició el miembro con la lengua, reconociendo su forma y su tamaño hasta que Alexei gimió como diciendo «me estás matando», la sujetó por las caderas y la tumbó sobre su espalda. Le sujetó las manos por encima de la cabeza y comenzó a acariciarla. Cuando Alexei le acarició con la lengua la parte más íntima de su cuerpo, ella gimió, y él no paró hasta volverla loca.

Era como si su cuerpo estuviera en fuego. Entonces, él se colocó sobre ella y la penetró, moviéndose despacio y penetrándola una y otra vez hasta que ambos llegaron al clímax. Eran dos amantes perfectamente sincronizados, en cuerpo y alma, antes de quedar agotados por la satisfacción sexual.

–Impresionante, –susurró Natalya, y notó que él le besaba el cuerpo antes de besarla en los labios, con tanta ternura que tuvo que esforzarse para contener las lágrimas.

¿Qué había hecho? O, mejor dicho, ¿qué habían hecho? Eran dos en aquella cama, y los dos habían seducido, compartido y disfrutado de la pasión.

Ella trató de levantarse, pero no tuvo éxito.

Sin decir palabra, Alexei se bajó de la cama, tomó a Natalya en brazos y la llevó al baño. Abrió el grifo y la metió bajo el agua caliente. Buscó el gel, y comenzó a enjabonarle el cuerpo, despacio, de forma sensual, hasta que ella comenzó a volverse loca de deseo...

–Paciencia. Ya te tocará el turno.

Y así fue. Solo tuvo que esperar un poco. Después, él la secó con una toalla, la llevó a la cama, y la abrazó.

Ella no podía encontrar las palabras adecuadas. Descubrir la actuación de Roman la había dejado destrozada, y le confirmaba hasta qué punto estaba dispuesto a llegar su padre para dirigir no solo su empresa, sino a su familia.

–Hay algo que deberías saber –dijo Natalya. En su momento, había pasado las noches llorando, hasta que ya no le quedaron más lágrimas y decidió que debía continuar con su vida–. Descubrí que estaba embarazada –dijo con voz temblorosa. Él la miró en silencio, mientras le sujetaba el rostro, y ella no fue capaz de desviar la mirada.

–¿Por qué no me lo dijiste?

Ella palideció, y él blasfemó en voz baja.

–Fui a tu apartamento después del trabajo –el nudo que tenía en la garganta le impedía hablar. Tragó saliva y continuó–. No estabas allí. Te llamé por teléfono. No obtuve respuesta.

–¿Cuándo llamaste? ¿A qué hora?

–¿Es tan importante?

–Sí –cerró los puños–. Maldita sea –dijo, aunque ya lo sabía–. Piensa, por favor.

–Después de las seis. Quizá a las seis y media.

Él cerró los ojos en silencio. Era diez o quince minutos después de que la policía lo hubiera arrestado en su apartamento y confiscado su teléfono, por intervención de Roman

–¡Dios! –exclamó, pensando en todo lo que había tenido que soportar Natalya sin su apoyo.

La rabia lo consumía por dentro, al igual que el

deseo de vengarse de Roman Montgomery con sus propias manos.

Besó a Natalya en la frente, y deslizó la boca hasta sus labios antes de abrazarla.

Natalya decidió que le pediría cuentas a Roman. Lo llamaría para invitarlo a comer y después, tranquilamente... ¿Seguro que horas más tarde podría actuar tranquilamente?

—Pagará por ello.

—Natalya —le advirtió Alexei, y ella negó con la cabeza.

—No lo comprendes.

Sí lo comprendía. Y demasiado bien. La rabia había estado a punto de destruirlo, al igual que el deseo del éxito sobre todo lo demás. Para vengarse de Roman.

¿Cómo era posible que un padre le hubiera hecho eso a su hija?

De la misma manera que Roman había engañado a su esposa. Un narcisista egocéntrico que daba prioridad a sus necesidades.

Alexei deseaba golpear algo y tuvo que contenerse para no hacerlo.

Ella le acarició la mejilla.

—Natalya....

—No hay nada que puedas decir para evitar que me enfrente a mi padre.

—Piénsalo bien —le dijo, y vio que ella entornaba los ojos.

—Él no merece ningún tipo de consideración.

Capítulo 14

NECESITABA planear una estrategia. Recopilar datos irrefutables. Mostrar frialdad. Y no tener público.

Natalya llegó al restaurante con retraso, porque quería que su padre estuviera sentado y esperándola.

Él estaba allí, coqueteando con las camareras a su estilo. Su sonrisa, la mirada pícara de sus ojos... lo justo para no ofender, pero ofreciendo una invitación silenciosa, por si la aceptaban.

Natalya le dio una palmadita en el hombro para llamar su atención. Él se volvió y le agarró la mano para besársela.

–Cariño mío. Más vale tarde que nunca –sonrió a la camarera con complicidad–. Dile al sumiller que elija el mejor champán y lo traiga a la mesa –le dijo a la camarera con grandiosidad–. Es una celebración.

Quizá no pensara lo mismo cuando terminara la comida.

–¿Has tenido problema con el tráfico? –preguntó Roman, mientras Natalya se sentó frente a él.

–Con el aparcamiento –comentó Natalya. Cuando llegó el champán y se disponían a servirlo, añadió–. Un poquito solo. Tengo que trabajar esta tarde.

Ella esperó, bebió un sorbo y conversó mientras elegía un entrante, rechazaba un plato principal, y pedía un sorbete de limón.

La camarera les sirvió el café, Natalya se puso leche, se acomodó en la silla y pensó... «Ahora».

Comenzó a hablar, citando hechos irrefutables con admirable contención... Y se sintió satisfecha al ver que su padre se ponía tenso, se sonrojaba, y después palidecía, al ver que sabía todos los detalles... Hasta la coincidencia de la pérdida de su teléfono y su sustitución por uno nuevo, con una compañía diferente...

Y todo al mismo tiempo que Alexei desapareció de su vida.

—No trates de justificarte —le advirtió al ver que él se disponía a hablar—. Tu intromisión es imperdonable.

—Quería lo mejor para ti.

Ella trató de contener la rabia.

—¿Sin pensar en que tenía derecho a elegir?

—Delandros no tenía nada. No podría haberte mantenido tal y como te merecías.

«Márchate ahora, antes de que digas algo de lo que puedas arrepentirte», le dijo una vocecita.

Natalya se puso en pie, agarró su bolso y se dirigió a la caja para pagar la cuenta. Después salió a la calle y caminó las tres manzanas hasta donde había aparcado el coche.

Alexei estaba en la fábrica, así que, tenía toda la tarde para ella.

Se subió al coche y decidió dirigirse a Double Bay.

¿Qué había mejor que un masaje facial y un rato a solas con Anja?

—Gracias por hacerme un hueco —Natalya la saludó con cariño mientras ella la acomodaba en una de las cabinas de belleza.

Era una maravilla cerrar los ojos y sentir cómo

cada músculo de su rostro se relajaba a medida que Anja le hacía el masaje.

–¿Vas a ponerme al día? Últimamente varias clientas me han preguntado si son ciertos los rumores sobre Alexei y tú.

–Y supongo que no les has confirmado nada.

–Ya lo sabes.

Habían compartido muchas cosas durante los años y la confianza era mutua.

No obstante, Natalya dudó un instante... El sexo con Alexei era estupendo. La pregunta era qué les esperaba en el futuro. O si tenían futuro.

Les quedaban muchas cosas por hablar, y mientras ella anhelaba todo el paquete... ¿Alexei querría lo mismo? ¿O su destino sería permanecer como una secretaria con derechos?

–¡Hola! –dijo Anja–. ¿Natalya bajando al planeta Tierra?

–Tenemos alguna cosa –admitió Natalya.

–Resolvedlas. De otro modo, sería una huida.

–¿Tú qué sugieres? ¿Qué agarre a Alexei por el cuello de la camisa, lo tumbe en el suelo y le pregunte cuáles son sus intenciones?

–Eso sería lo que yo haría.

Natalya contuvo una risita.

–Te lo recordaré cuando te pique el bicho del amor.

–No va a suceder pronto.

–Igual te equivocas.

–Deja los ojos cerrados –le ordenó Anja–. No he terminado todavía –continuó masajeando a Natalya y esta suspiró–. ¿Hay algo que no me has contado?

–Nada que contar.

Todavía no. Ella podía esperar, y lo haría, consciente de que había un momento y un lugar, y no era aquel.

Natalya recibió un mensaje en el teléfono nada más entrar en casa.

Cena esta noche. Te recogeré a las seis. Alexei.

Ella miró el reloj y vio que tenía tiempo de sobra para prepararse. Se dio una ducha, y miró la ropa de su armario. ¿Formal o semiformal?

Lo último le pareció la mejor elección, así que escogió un vestido de color verde esmeralda.

Unos pendientes y un collar sencillo, zapatos de tacón negros, un bolso con lo básico y un chal. Pocos minutos antes de la cita, estaba preparada.

Al momento llamarón al timbre y ella se acercó a la pantalla para ver quién era. Al ver a Alexei, abrió la puerta de edificio.

Él la estaba esperándola en la puerta principal, vestido con pantalones informales, una camisa con el cuello desabrochado y una chaqueta. Estaba muy atractivo... Natalya sintió un nudo en el estómago, y una ola de calor la invadió por dentro cuando se acercó para abrazarlo. Levantó el rostro y lo besó.

Podría haberse quedado más rato... Tuvo que resistirse para no invitarlo a pasar, sugerirle que olvidaran la cena, que ya comerían más tarde. Mucho más tarde.

Entonces, el la besó en el cuello, inhaló su aroma, agarró sus manos y le besó una de ellas.

–La cena –dijo Alexei con una sonrisa, y la guio hasta el Aston Martin que tenía aparcado fuera.

Natalya se preguntaba qué restaurante habría elegido Alexei. Al poco rato, descubrió que no era un restaurante, ya que Alexei se dirigía hacia uno de los barrios del norte donde las casas valían precios millonarios.

Alexei torció en un acalle arbolada y detuvo el coche frente a unas verjas negras que custodiaban una casa de dos plantas.

¿Irían como invitados a una casa privada?

Su casa. Esa era la respuesta. Alexei sacó el mando para abrir la verja y metió el coche hasta la entrada de la casa.

Nada más parar el motor alguien abrió la puerta. Una señora de mediana edad salió a recibirlos.

–Es Lisette, mi ama de llaves –dijo Alexei, mientras rodeaba a Natalya por los hombros y la guiaba hasta la puerta para presentarla.

Juntos entraron en un recibidor circular con suelos de mármol, desde el que salía una escalera doble que llevaba al piso superior.

Lisette recibió a Natalya con una amplia sonrisa antes de volverse hacia Alexei.

–Suponía que disfrutaríais de una copa en el salón. La cena se servirá a las siete en el comedor privado.

–Gracias Lisette.

Él se volvió hacia una de las cuatro puertas que había en el recibidor y guio a Natalya hasta un gran salón. Cerró la puerta y la abrazó.

Lo que comenzó como un beso delicado, se convirtió en un beso apasionado. Ella comenzó a besarlo también, y lo rodeó por el cuello.

Natalya sintió que todo su cuerpo reaccionaba y cada vez le resultaba más difícil ignorar el deseo de quitarle la ropa.

Deseaba acariciarle la piel desnuda. Explorar su

cuerpo musculoso y saborearlo con su boca mientras lo volvía loco.

Después, lo recibiría en su cuerpo mientras se perdían el uno en el otro.

Amor, como el que habían tenido en lo que parecía otra época, cuando confiaban el uno en el otro.

Alexei le sujetó el rostro con delicadeza y le acarició la mejilla.

–Te traeré algo de beber.

–Si es posible, sin alcohol. Tomaré un poco de vino con la cena.

Alexei se acercó al mueble bar y sacó dos copas de cristal. Una de ellas la rellenó con agua mineral, la otra con vino blanco. Después, se acercó a Natalya y le entregó la copa.

Ella evitó los detalles y fue al grano.

–Hoy he comido con mi padre.

–¿Te ha disgustado?

–Pensándolo ahora, no mucho. Le dije lo que quería decirle, pagué la cuenta y salí del restaurante.

Natalya poseía una fortaleza interior. Sin embargo, él notaba que estaba dolida.

–Tienes una casa muy bonita –comentó Natalya al entrar en el comedor.

–Te la mostraré después de la cena –dijo Alexei, mientras separaba la silla para que se sentara.

El ama de llaves había preparado una entrada de mariscos, seguida por unos lomos de salmón a la brasa y ensalada. De postre, compota de fruta casera.

Más tarde, tomaron café en la terraza. La vista del puerto y de la ciudad, con los edificios iluminados, era espectacular. Un lugar tranquilo desde donde ver las luces de neón y las estelas del tráfico al pasar.

Un lugar que podía convertirse en un hogar, lleno de amor, y de niños, quizá.

Una imagen de ensueño. No siempre de la realidad.

¿Y adónde iban a partir de ahí?

La palabra amor no se había mencionado.

Alexei se levantó de la silla, agarró a Natalya de las manos para ponerla en pie y la abrazó.

El brillo de su mirada, su beso... la sensualidad de su lengua contra la suya, el sonido de desesperación cuando él continuó explorándola.

Era mucho más de lo que ella creía posible. Él levantó la cabeza y vio que Natalya tenía las mejillas sonrojadas, y los labios ligeramente hinchados y temblorosos, mientras trataba de no perder el autocontrol.

Él le acarició el labio inferior.

—Quédate conmigo esta noche.

—¿Esto no será una petición relacionada con el trabajo? —bromeó ella.

—Ni por asomo.

—Me lo pensaré.

Sin decir nada más, él la acompañó al interior de la casa, cerró las puertas de la terraza, conectó la alarma y se dirigió hacia la escalera que llevaba hasta la habitación principal.

Alexei le quitó la ropa despacio, mientras ella le desabrochaba la camisa y se la quitaba, para contemplar su torso musculoso.

—No pares —dijo él.

Natalya empezó a desabrocharle el cinturón.

—Solo estaba disfrutando el momento.

—Ajá. ¿Quieres ayuda?

Ella le acarició su miembro abultado por encima de la cremallera y sonrió.

—Lo tengo controlado.

–Descontrolado es mejor.

–¿No quieres jugar?

–Todo lo que puedas soportar.

–Suena interesante.

Interesante no describía lo que compartieron mientras el terminó de desnudarla y le acarició cada curva de su cuerpo hasta que tembló, ardiente de deseo... Anhelaba tanto sentirlo en su interior, que no fue consciente de que había empezado a gemir, ni de que también lo acariciaba con las manos.

–¿Quieres oír que no me ha importado ninguna otra mujer después de ti? –le preguntó Alexei.

Con un simple movimiento, se inclinó hacia delante y abrió la cama. La tumbó entre las sábanas y se colocó sobre su cuerpo para acariciarle el vientre con la lengua y explorar su entrepierna hasta volverla loca.

Después la penetró y comenzó a moverse despacio en su interior. Poco a poco aumentó el ritmo, hasta que un poderoso orgasmo se apoderó de ellos, en cuerpo y alma.

Mucho más tarde, Alexei la tomó en brazos y la llevó al baño. Abrió el grifo de la ducha y la metió bajo el agua, enjabonándole todo el cuerpo de forma seductora.

Con una pícara sonrisa, Natalya agarró el bote de jabón, se colocó tras él y comenzó a enjabonarle los hombros, la espalda y las nalgas. Después lo volvió para que la mirara.

Ella podía acariciarlo de manera sensual, igual que había hecho él con ella. Comenzó en sus pezones y continuó bajando por sus costados hasta detenerse en las caderas.

–Si paras aquí, sufrirás.

–Me da miedo –se burló ella, mientras él la sujetaba por los hombros–. Mucho miedo.

–Bruja –dijo Alexei, mientras la besaba de forma apasionada.

Sujetándola por el trasero, le levantó el muslo sobre el de él, y le acarició los pezones antes de introducir uno de ellos en su boca.

Una intensa sensación la invadió por dentro y empezó a jadear. Alexei, le acarició la entrepierna y le cubrió el otro pezón con la boca, para mordisqueárselo justo cuando empezaba a acariciarle el clítoris.

Ella separó los labios y gimió mientras él la acariciaba con delicadeza. Después, cuando introdujo un dedo en su cuerpo, notó que le temblaban las piernas. Natalya necesitaba más... mucho más que aquel delicado juego.

Natalya rodeó su miembro con la mano y lo presionó una pizca. Al notar que Alexei empezaba a respirar más rápido.

Alexei la llevó a la cama y la besó antes de poseerla una y otra vez, hasta que ambos llegaron al orgasmo.

No hubo palabras, solo un suspiro que escapó de los labios de Natalya.

Ella no quería moverse... y no creía que pudiera hacerlo, ya que Alexei la abrazó durante una eternidad, hasta que el sueño se apoderó de ellos.

Despertaron al amanecer, y Alexei la besó antes de hacerle el amor otra vez, con tanta delicadeza que a Natalya le entraron ganas de llorar. Era una buena manera de comenzar el día.

–Sigue durmiendo –murmuró él, y estiró de la colcha.

Por la mañana, después de ducharse y vestirse, desayunaron en la terraza. Después, Alexei la llevó a su casa, la despidió con un beso y se dirigió a la ciudad.

Natalya le dio de comer a Ollie, se cambió de ropa para ir a la oficina, revisó su maletín y se dirigió a la ciudad.

El trabajo era prioritario ese día, y Natalya se alegró. Así no tendría tiempo para pensar.

Alexei se puso rápidamente en modo profesional. Tenía una reunión con Marc Adamson, después una comida de negocios... Al final del día, Natalya apenas podía seguirle el paso. Sin embargo, parecía que él había dormido muy bien, en lugar de solo unas horas.

En realidad, ella se encontraba en un estado de ambivalencia. Sin saber lo que le esperaba en el futuro.

Pasaban los días y Natalya seguía lidiando con todo lo que Alexei le presentaba.

Las noches eran diferentes... Las pasaban en su mansión, o en el apartamento de Natalya. Noches emotivas y apasionadas.

Hasta que una noche, Alexei le ofreció las palabras que ella deseaba oír.

–Cásate conmigo.

Nada de *te quiero... No puedo vivir sin ti.*

–Quiero que formes parte de mi vida.

–En tu cama –dijo ella, y vio que él entornaba los ojos cuando ella salió de la cama y comenzó a vestirse a la luz de la luna.

–Eso, también.

Necesitó mucha decisión para poder decirle la palabra que había esperado no tener que decirle nunca.

–No.

–¿El matrimonio no es importante para ti?

«Sí, pero no es solo otra adquisición para tu cartera de negocios».

–Estoy contenta con mi vida tal y como es.

–¿Y si yo quiero más?

–Especifica, más.

«Tu corazón, entregado de manera incondicional». Eran palabras que ella no podía pronunciar.

Necesitaba su espacio, su cama. Sin decir nada más, recogió su bolsa, sus llaves... Se despidió de él y se marchó. Esperando hasta que se cerraron las verjas de la casa de Alexei.

«Idiota», se regañó en silencio mientras recorría las calles de camino a casa.

Capítulo 15

NO ERA el resultado que Alexei había imaginado.

Cinco años de duras negociaciones a base de recortar detalles habían llevado a lo esencial.

Había alcanzado el éxito en el mundo de los negocios.

Y había fracasado en lo que se refería al matrimonio.

Alexei quería golpear algo, y estuvo a punto de hacerlo... Solo que sabía que no conseguiría nada con ello.

Recordaba la noche en la que su intención era pedirle a Natalya que compartiera su vida con él.

El champán en la cubitera. Sus rosas favoritas, y una nota expresándole su amor. El anillo, un delicado diamante, el mejor que podía pagarse en aquel momento, reservado y financiado a plazos. Su comida favorita.

La noche en que ella no apareció.

Tenía el teléfono desconectado.

La noche en que a él lo detuvieron.

Pasado.

Y no tenía cabida en el presente... Ni en el futuro.

Agarró el teléfono, canceló dos citas y empezó el día.

Un día en que Alexei pasó tiempo con Marc Adam-

son y su secretaria. A Natalya no le extrañó, igual que
el mensaje que requería su presencia en un restaurante
del otro lado de la ciudad.

A pesar de que el lugar no era uno de los que Alexei solía elegir.

Aparcar en aquella zona no era difícil, y encontró
un sitio detrás del Aston Martin de Alexei, sorpren-
diéndose de que él no hubiera ido con Paul en la limusina.

Daba igual. Ella era su secretaria, y no podía llegar
tarde.

Entró en el restaurante y se sorprendió al ver que
no había nadie más. Solo había un cliente... Alexei, y
él se puso en pie al verla llegar.

–¿Se han retrasado? –preguntó ella, y miró al camarero que se había acercado a la mesa para separarle
la silla–. Veo que tus invitados han llegado tarde.

–No hay invitados –dijo Alexei, y colocó la mano
en su cintura–. Por favor, siéntate.

Ella frunció el ceño y se sentó.

–¿No hay reunión?

–Hoy no.

–Entonces, ¿para qué estamos aquí?

Resultaba difícil leer su expresión. Otro camarero
se acercó con una cubitera y una botella de champán.

Descorchó la botella y le sirvió una copa a Alexei
para que diera su aprobación... Pura formalidad, teniendo en cuenta la etiqueta... Después de servir la
otra copa, el camarero se retiró.

Alexei levantó la suya y brindó.

–Por nosotros.

Natalya no dijo nada.

Un camarero se acercó con una bandeja de plata
que contenía una rosa y una tarjeta.

Natalya lo miró y él colocó las dos cosas delante de ella.

—Hace cinco años tenía planeada una cena sorpresa con champán. También un anillo para sellar nuestro amor.

Natalya no pudo evitar que una lágrima rodara por su mejilla.

Él se inclinó hacia delante y se la secó.

—Te quiero. Eres una bella mujer, con un gran corazón.

Natalya intentó decir algo, pero él le cubrió los labios con el dedo.

—Anoche...

Natalya se contuvo para no interrumpirlo. ¿Era demasiado pedir decirle que quería oír las palabras?

—¿Te casarás conmigo? Por favor.

—Sí.

Él se puso en pie y la abrazó antes de besarla de forma apasionada.

—Hay palabras para ocasiones como estas —dijo ella, cuando se separaron—. Eres el amor de mi vida. Y seré tuya mientras viva.

A Alexei se le oscureció la mirada.

—Te tomo la palabra.

—Confiaba en que así fuera.

Alexei metió la mano en el bolsillo y sacó un anillo. Agarró la mano izquierda de Natalya y se lo colocó en el dedo.

Durante unos instantes, ella se quedó sin habla.

—Es precioso.

—¿Pero?

—El anillo que compraste hace cinco años... ¿Todavía lo tienes?

—¿Por qué lo preguntas?

El hecho de que él pudiera haberlo guardado tenía importancia. Era el símbolo del amor eterno, y la intención de que pasaran la vida juntos.

El anillo que le había colocado en el dedo brillaba a causa de la luz de la vela. Era magnífico y tremendamente caro.

–Representa el amor que compartimos entonces.

–¿Y es importante para ti?

–Sí.

Él sonrió.

–¿Vas a contarme por qué? –un diamante que no valía nada comparado con el que le había regalado esa noche.

Natalya le sujetó el rostro.

–¿Tienes que preguntármelo?

No, no era necesario.

–¿Te importa si acepto este anillo como un regalo que representa el amor eterno y lo llevo en la mano derecha?

Alexei negó con la cabeza.

–¿Y el original? –preguntó.

–Lo colgaré en una cadena para llevarlo cerca de mi corazón.

–Si te hace feliz.

–Gracias.

Él soltó una risita.

–Le pediré al joyero que haga un anillo de boda muy ancho –«lleno de brillantes», añadió en silencio.

Él la conocía muy bien, sus valores, sus ideales... Su gran corazón.

La quería a su lado... Todas las noches y días de su vida.

–Perfecto –lo besó.

La noche fue maravillosa.

El champán, la comida, el ambiente... un recuerdo especial, solo para ellos.

Uno que Alexei decidió que celebrarían cada año, durante el resto de sus vidas.

El siguiente punto de la agenda era informar a los padres de Natalya antes de que saliera en la prensa. Aunque ella no apareciera con el anillo en la mano izquierda, la gente empezaría a rumorear... Ivana merecía recibir la noticia de primera mano.

Estaba bien tener sangre fría en los negocios, pero invitar a sus padres para anunciar su compromiso y la boda, era otra cosa.

¿Alexei y Roman en la misma habitación?

–Te estás estresando demasiado –la regañó Alexei–. Ivana estará encantada.

–¿Quizá debería advertírselo primero?

–¿Para advertírselo también a tu padre?

–Algo así.

Alexei le acarició la mejilla.

–Estoy seguro de que Roman será un invitado entregado.

Natalya planificó el menú y eligió cada plato pensando en sus padres. Eligió los mejores ingredientes, colocó los manteles que había heredado de *babushka*, cristalería fina y cubertería de plata. También, velas aromatizadas.

Se vistió con una falda de lino y un top de seda a juego.

–¿Qué te parece?

Alexei cruzó a su lado y la besó en el cuello.

–Impresionante.

Él era su apoyo, el amor de su vida...

Vestía pantalones negros, y camisa blanca con el cuello desabrochado, la barba incipiente... sus ojos oscuros y su sonrisa.

Era suyo. Para siempre. Y ella era para él.

Juntos otra vez, como debía ser.

—Es perfecto. Igual que tú.

—No me hagas llorar o tendré que ir a retocarme el maquillaje. Tendrás que recibir tú a mis padres.

—Por un momento pensé que considerabas un poco de diversión.

Natalya le acarició la mejilla.

—Más tarde.

—Te tomo la palabra —la besó en la frente—. Eres mi amor, mi vida.

—Lo mismo digo.

En ese momento sonó el timbre y Alexei fue a abrir.

Hubo abrazos, y Alexei y Roman se estrecharon la mano. Después, Alexei sirvió una copa en el salón.

Ivana estaba encantada al ver el anillo de Natalya. Y Roman parecía capaz de comportarse, así que, relajarse un poco no fue difícil.

Un buen vino con los entrantes, después el plato principal. La conversación era fluida. El postre, una variedad de *pavlova* creada por la abuela de Natalya.

—Es perfecto, cariño —dijo Ivana—. Deja que te ayude en la cocina mientras Roman se fuma el puro de después de cenar.

—Lo acompañaré —dijo Alexei, poniéndose en pie.

Aquella noche serviría para que Alexei y su padre avanzaran en su relación. Ambos tenían cosas que solucionar y, aunque no era el momento, podía ser el inicio.

Natalya esperó a que los hombres salieran a la terraza y miró a su madre.

–Estaré bien –la tranquilizó.

Alexei cerró la puerta y esperó a que Roman sacara su cigarro y lo encendiera.

–Hace cinco años hiciste todo lo posible para separarme de Natalya. Borraste mis mensajes de su teléfono y de su contestador automático. También te entrometiste en su correo.

–¿Me estás amenazando?

–Para nada. Solo supongo que te gustaría asistir a la boda de tu hija y tener un papel en la vida de tus nietos

Roman cerró los ojos un instante.

–Sí.

–Entonces, llegaremos a entendernos –dijo Alexei, y le tendió la mano.

Roman se la estrechó, y Alexei señaló las vistas de la terraza.

–Una vista muy atractiva, tanto de día como de noche.

–Sí. La casa que una vez perteneció a la madre de Ivana.

–Esto tengo entendido.

–Una mujer muy trabajadora –dijo Roman–. Que decía lo que pensaba.

–Y a la que Natalya adoraba –le recordó Alexei.

Roman asintió en silencio.

–¿Regresamos dentro? Brindaremos con champán, por el futuro y la familia.

Al final, la noche fue muy agradable. Ivana sugirió empezar a organizar la boda.

–No quiero desilusionarte –le dijo Natalya con cariño–, pero todavía no hemos hablado de la fecha ni del lugar.

–El sueño de cualquier madre es ayudar a organi-

zar la boda de su hija. El vestido, el lugar, las flores...
–abrazó a su hija.

–De acuerdo –protestó Natalya con una risita–. Lo
sé, pero deja que hable con Alexei primero.

Sirvieron café y después se relajaron un poco antes
de que los padres de Natalya decidieran marcharse.

–Ha llegado nuestro momento –decidió Alexei, y
abrazó a Natalya–. Ivana ha estado en su salsa.

Ella se volvió y le acarició la mejilla.

–Vete preparando para las revistas de boda, y todo
lo demás.

Alexei deseaba complacerla, llevarla a la ducha y
ayudar a que se relajara después de un largo día. Y lo
haría. Pronto.

–¿Qué te parece una ceremonia civil y privada?
¿Seguida de una luna de miel en una isla tropical y
una boda formal en la iglesia con la familia y los amigos?

Natalya cerró los ojos.

–¿Dos bodas? ¿Estás bromeando?

–Piénsalo.

–Prefiero no hacerlo.

–Tus padres, algunos amigos. Sin ostentación, una
comida, o cena si lo prefieres... Después nos iremos
una semana, para relajarnos, a una isla privada, sin
turistas. Conozco a alguien que posee el lugar perfecto.

–¿Y repetirlo todo después, con elegancia...?
¿Cuándo?

–Seis u ocho semanas más tarde.

–Creo que puede ser un gran plan –se rio cuando él
la tomó en brazos y la llevó al dormitorio principal
para desnudarla.

Fue una maravilla sentir cómo sus manos se deslizaban por su cuerpo antes de poseerla... Dormir acurrucada contra él.

La discreción era clave a la hora de planificar una boda privada.

El lugar se debatía entre los jardines de la casa de Ivana, o la finca de la casa de Alexei.

La mansión que Alexei tenía al lado del mar resultó ser el lugar ideal, y Lisette prepararía el banquete.

–Estoy tranquila –le aseguró Natalya a Ivana mientras terminaba de maquillarse. Sin embargo, le temblaban las manos.

Llamaron a la puerta y Lisette entró con una bandeja.

–He pensado que un té os sentaría bien.

–Qué amable –comentó Ivana con una sonrisa–. ¿Quieres acompañarnos?

Un momento para ayudar a calmar los nervios.

Natalya amaba a Alexei con todo su corazón. El amor que sentía hacia él era verdadero.

Ivana sonrió, como si pudiera leer la mente de su hija, y Natalya bebió un sorbo de té antes de desenvolver el vestido de encaje blanco para ponérselo. Ivana le abrochó la cremallera y dio un paso atrás para darle su aprobación.

Unos zapatos blancos de tacón y un sombrero blanco, completaban el atuendo. Ivana le entregó un ramo de rosas blancas que había recogido en su jardín. Había llegado el momento de reunirse con Alexei, quien estaba esperándolas en el salón.

Él iba vestido con una traje oscuro, camisa blanca y corbata de seda oscura.

Ivana compartía el papel de dama de honor y madre de la novia. Roman entregó a la novia a Alexei, y Cristos, que había volado desde Nueva York, hizo de padrino.

Una ceremonia sencilla y emotiva, puesto que Alexei agarró la mano de Natalya y se la llevó a los labios antes de besarla en la boca con ternura y delicadeza.

Intercambiaron los anillos y ella recibió una alianza con un diamante incrustado, mientras que Alexei había elegido para él un sencillo anillo de oro.

El beso que selló su matrimonio fue más que evocador. El amor y las lágrimas se agolparon en los ojos de Natalya cuando ella susurró:

–Te quiero.

La comida fue muy agradable, con amor, risas... ambiente relajado y familiar.

Lisette se había superado. Roman permaneció tranquilo, reflexivo, mientras que Ivana estaba relajada, encantada de que su hija hubiera encontrado la felicidad con su primer y único amor.

La paradisiaca isla tropical se convirtió en el destino de su luna de miel.

Era propiedad de un amigo de Alexei, y en ella no había hoteles ni turistas.

Solo una casa con empleados para satisfacer las necesidades de los invitados. Tenía una piscina privada, con un ventanal en el techo para permitir la entrada del sol. Una terraza con tumbonas de caña y vistas a la piscina exterior, que parecía fundirse con el océano azul. Un yate de motor amarrado al final de un muelle.

En el interior, un salón grande, un despacho, tres

lujosos dormitorios con baño. Una sala de juegos, con billar y tenis de mesa. Y una sauna.

Además, un helipuerto con un helicóptero.

Un lugar perfecto, alejado del mundo de los negocios internacionales, pero con todo lo necesario.

Los empleados vivían en una casa al final de la isla. Era una pareja, y su hijo mayor ejercía como cocinero cuando los propietarios, o sus invitados, estaban en la casa. Otro de los hijos era el patrón del barco y el piloto del helicóptero, y la hija, ayudaba en diversas tareas.

«Ha sido una maravillosa e inolvidable experiencia», pensó Natalya al final de su estancia.

–Siempre podemos volver –le aseguró Alexei cuando subieron al helicóptero para regresar a casa.

–Sería estupendo –dijo Natalya con una sonrisa. Quizá al cabo de unos años, con un hijo pequeño con el que hacer castillos de arena y disfrutar del sol.

Le sentó bien regresar a casa y terminar de mudarse a casa de Alexei. Poner su casa en alquiler, entrevistar a los posibles inquilinos... Descubrir que Ben tenía un amigo con muy buenas referencias y empleo fijo.

El trabajo resultó muy intenso durante la primera semana. Alexei tenía que recuperar el tiempo y los días se alargaban hasta medianoche, cuando por fin podían darse una ducha y meterse en la cama.

La vida había vuelto a la normalidad, pero todavía les quedaba celebrar la boda formal, con la familia de Alexei, los amigos cercanos y los empleados de ADE.

Una agencia se encargó de los detalles y se aseguró de que todo saliera lo mejor posible.

Ocho semanas después de la boda privada, disfrutaron de lo mejor... Las dos familias juntas, los invitados, una bonita iglesia, y un local precioso para el banquete.

El vestido superaba lo que Natalya había imaginado. Un corpiño de encaje con escote en forma de corazón y mangas tres cuartos, con capas de seda que caían desde la cintura hasta los pies. El velo completaba el bonito vestido y solo Alexei y ella sabían que debajo llevaba la cadena de oro con el anillo original, acomodado entre sus senos. Natalya llevaba en la mano derecha el magnífico anillo de diamantes que Alexei le había regalado, y que ella había llevado como anillo de compromiso en su primera boda.

Muy pronto, él le colocaría una alianza en la mano izquierda, y se convertirían en marido y mujer ante unan iglesia llena de invitados.

—Inclina la cabeza. Tengo que retocarte la sombra de ojos.

Natalya obedeció y sonrió a Anja.

—¿Dime una vez más por qué he aceptado hacer esto?

—Por Ivana —le recordó Anja—. Tu madre está en su salsa. Su sonrisa, y su relación con la madre de Alexei y su familia, es algo bonito de ver. También por Alexei, el hombre maravilloso con el que te has casado...

—Lo sé. De verdad, lo sé.

—Entonces, calla... Hace un día precioso, brilla el sol, y la boda está muy bien organizada. Los fotógrafos llegarán en cualquier momento. Las damas de honor y los pajes lo tienen todo preparado. Tranquila.

—Estoy muy tranquila.

—Ya —dijo Anja—. Perfecto.

—¿Puedo decir que prefiero mi primera boda?

–Por supuesto, pero solo a mí.

–Gracias por estar aquí –sonrió–. Y por hacer lo que mejor se te da. Mi amiga, la hermana que nunca tuve. Todo.

–De nada. Y para que lo sepas, opino lo mismo.

Había llegado el momento de ponerse el vestido.

–Estás preciosa –le dijo Ivana, al borde de las lágrimas.

Natalya abrazó a su madre.

–No llores, por favor.

–Me alegro tanto por ti... por vosotros.

–Lo sé –dijo Natalya–. Gracias por todo.

Por su infancia, por su felicidad, su risa, los recuerdos de tres generaciones... Los momentos especiales, influenciados por diferentes culturas.

Ivana y Natalya se separaron, sonrieron, y se acariciaron la mejilla.

Tres limusinas esperaban para transportarlos. Los padres de la novia en una, Anja y los niños en otra, y la novia con Paul al volante.

«Este es el momento», pensó Natalya mientras la limusina se dirigía hacia a iglesia que su *babushka* adoraba.

Un año, o seis meses antes, no se habría imaginado que asistiría a su propia boda. O que Alexei estaría esperándola en la iglesia.

Un sueño roto, que nunca imaginó que llegaría a cumplirse.

Sin embargo, a veces los sueños se convertían en realidad.

Paul dobló la calle donde se encontraba la iglesia y vio que los fotógrafos estaban tratando de sacar el momento en que llegaban los padres de la novia, su amiga Anja, y Natalya.

La boda saldría publicada en todos los periódicos y, probablemente, apareciera también en las noticias. Para ello, habían decidido dar una pequeña rueda de prensa antes de su publicación. También la fotografía que habían tomado antes de la boda y que querían que fuera la publicada.

Había llegado el momento de sellar su amor y recibir la bendición en la iglesia de su elección.

Natalya estaba un poco nerviosa cuando se detuvo en la entrada principal. Trató de no mirar a los flashes, sonreír, y mantener la compostura.

Se detuvo el tiempo suficiente para que Ivana y Anja alisaran su velo y, sorprendió a las dos besándola en la mejilla.

—Solo deseo que seas feliz —le dijo Roman, al dar los primeros pasos hacia el altar.

Era el momento de olvidar los errores que había cometido su padre en el pasado y mirar hacia el futuro.

Natalya le dedicó una sonrisa.

—Y yo estoy muy feliz —le aseguró.

Agarró el brazo de su padre, y dijo:

—A por ello.

Natalya caminó hasta el altar y vio que Alexei la esperaba con una sonrisa y amor sincero en su mirada.

Se miraron en silencio, haciendo una promesa eterna que no podía pronunciarse en palabras.

Al llegar a su lado, él inclinó la cabeza y la besó, antes de darle la mano y volverse hacia el reverendo, sin importarles que los invitados se estuvieran riendo.

«Oh, cielos».

Pronunciaron los votos y los convirtieron en marido y mujer. Se besaron y se volvieron para mirar a los invitados. Esperaron a que Anja colocara a la dama de honor y al paje en su lugar y comenzaron a avanzar por el pasillo. En ese momento, un niño empezó a llorar. Era Gigi, que se había tropezado y desorientado... La pequeña corrió hacia la persona más cercana que reconoció... Alexei.

Sin dudarlo, él la tomó en brazos, le secó las lágrimas y la besó en la frente cuando ella le rodeó el cuello con los brazos.

Xena se levantó de su sitio, solo para que Gigi negara con la cabeza y decidiera quedarse con Alexei.

—Está bien —dijo él, al ver que Xena estaba nerviosa.

Y era verdad. Gigi ocultó el rostro contra el hombro de Alexei y no volvió a levantarlo hasta llegar al vestíbulo, donde Cristos esperaba para recoger a su hija.

Natalya sintió que se le derretía el corazón al ver a Alexei con su sobrina en brazos, como si fuera lo más natural del mundo para él.

Consciente de que él podría hacer lo mismo con sus hijos, ser un padre entregado, que les ofrecería su corazón y todo lo que tuviera para asegurar su bienestar. Igual que a ella.

Amor.

Cristos se acercó a Natalya y trató de disculparse.

—Ha sido maravilloso —le aseguró ella con una sonrisa.

El incidente se convirtió en tema de conversación entre los invitados e hizo que todo fuera más emotivo.

Fue una boda muy especial, llena de amor, familiares y amigos que celebraban la unión de dos personas que se habían amado, distanciado y encontrado otra vez.

Cuando Alexei y Natalya se quedaron a solas, Alexei le agarró la mano y se la besó.

Empezó a sonar el vals y Alexei sacó a Natalya a bailar. Inclinó la cabeza y le dijo:

—Eres el amor de mi vida. Mi media naranja.

Ella le acarició la mejilla y la comisura de los labios.

—Solo puedo decir una cosa —dijo ella—. Y lo haré, porque quiero que lo sepas. Necesito que lo oigas. Quiero tocarte, para demostrarte que eres mi otra mitad. Mi amor, mi compañero del alma... mi todo.

Él la estrechó contra su cuerpo... Y contra su miembro erecto.

—Salgamos de aquí.

—Es nuestra noche. Nos toca elegir.

Finalizaron el baile y salieron de la sala agradeciendo su presencia a los invitados y despidiéndose de los familiares.

Paul los estaba esperando en la limusina.

—¿A casa?

—Sí, por favor —contesto Natalya, apoyando la cabeza en el hombro de Alexei. Quizá el mejor regalo que podía ofrecerle era el que llevaba días esperando a encontrar el momento adecuado. ¿Y cuál mejor que ese?

Había más. Solo unas pocas palabras, y se las dijo más tarde... Mucho más tarde, después de que hicieran el amor y a ella se le llenaran los ojos de lágrimas, entre los brazos de Alexei.

—Esta mañana me he hecho un test de embarazo.

No lo hizo esperar.

—Ha dado positivo.

Epílogo

L A VIDA es bella» –pensó Natalya mientras se retiraba al bebé del pecho. La noche todavía no había finalizado.

–Ya está, cariño –murmuró mientras abrazaba a Nikos y lo besaba en la frente.

Era su momento. Un momento especial, así que empezó a cantarle una nana hasta que el bebé se durmió en sus brazos.

Ella deseaba sostenerlo un rato más, y agradecerle el milagro de tenerlo a su lado. Y eso hizo, mirándolo el silencio con todo el amor de su corazón.

Después lo colocó en su cuna, y se volvió para salir de la habitación. Alexei la estaba esperando en la puerta.

–¿Cuánto tiempo llevas ahí? –preguntó Natalya.

–Un rato –le acarició la barbilla–. Me gusta veros juntos. Ver el lazo especial que hay entre madre e hijo.

Ella notó un nudo en la garganta y tragó saliva.

–Eres un padre estupendo.

Había sido un gran apoyo durante los meses de embarazo, y la había acompañado a todas las revisiones, emocionándose cada vez que veía a su hijo en el vientre.

A la hora de elegir el nombre, y aceptando que fuera el de su difunto abuelo... Nikos.

Alexei la besó y la rodeó por los hombros.

Nikos era un bebé tranquilo, mamaba y solo se despertaba una vez durante la noche.

–Esta es uno de los mejores momentos de la noche –le dijo Natalya–. El día ha terminado. Nikos está dormido y...

–Es nuestro momento –le aseguró él, antes de besarla de nuevo–. Te quiero.

Natalya tuvo que contener las lágrimas.

–Me acaricias la mejilla y se me derrite el corazón.

–Eres mi otra mitad –la besó en los labios–. Noto todos tus movimientos durante la noche.

–Te digo lo mismo. Todo.

¿Y cómo no? Si él se había leído todo lo que había acerca del cuidado prenatal, y había entrado en el quirófano durante la cesárea.

–Vamos a la cama –dijo ella.

–Tienes que dormir un poco antes de que Nikos se despierte otra vez.

–Así es –dijo Natalya–. Y eso haré.

Una caricia, el roce de unos dedos sobre la piel.

El cierre del círculo del amor.

–Aunque primero quiero hacer el amor con el hombre de mi vida.

Alexei sonrió bajo la luz de la luna que entraba por la ventana.

–No tengo ningún problema con eso, *agape mou*.

Bianca

**Nunca pensaron que
aquella tormenta cambiaría sus vidas**

HIJA DE LA TORMENTA

LINDSAY ARMSTRONG

Rescatada durante una terrible tormenta, la sensata y discreta Bridget se dejó seducir por el guapísimo extraño que le había salvado la vida. Pero ella no supo que su salvador era multimillonario y famosísimo hasta que leyó los titulares de un periódico. El misterioso extraño no era otro que Adam Beaumont, heredero del imperio minero Beaumont. Ahora, Bridget tenía que encontrar las palabras, y el valor, para decirle que su relación había tenido consecuencias.

Acepte 2 de nuestras mejores novelas de amor GRATIS

¡Y reciba un regalo sorpresa!

Oferta especial de tiempo limitado

Rellene el cupón y envíelo a

Harlequin Reader Service®
3010 Walden Ave.
P.O. Box 1867
Buffalo, N.Y. 14240-1867

¡Sí! Por favor, envíenme 2 novelas de amor de Harlequin (1 Bianca® y 1 Deseo®) gratis, más el regalo sorpresa. Luego remítanme 4 novelas nuevas todos los meses, las cuales recibiré mucho antes de que aparezcan en librerías, y factúrenme al bajo precio de $3,24 cada una, más $0,25 por envío e impuesto de ventas, si corresponde*. Este es el precio total, y es un ahorro de casi el 20% sobre el precio de portada. ¡Una oferta excelente! Entiendo que el hecho de aceptar estos libros y el regalo no me obliga en forma alguna a la compra de libros adicionales. Y también que puedo devolver cualquier envío y cancelar en cualquier momento. Aún si decido no comprar ningún otro libro de Harlequin, los 2 libros gratis y el regalo sorpresa son míos para siempre.

416 LBN DU7N

Nombre y apellido	(Por favor, letra de molde)
Dirección	Apartamento No.
Ciudad	Estado Zona postal

Esta oferta se limita a un pedido por hogar y no está disponible para los subscriptores actuales de Deseo® y Bianca®.
*Los términos y precios quedan sujetos a cambios sin aviso previo. Impuestos de ventas aplican en N.Y.

SPN-03   ©2003 Harlequin Enterprises Limited

*Sabía que no era recomendable sentirse atraída
por su jefe, lo que no sabía era cómo evitarlo*

DOCE NOCHES DE TENTACIÓN

BARBARA DUNLOP

La única mujer que le interesaba a Matt Emerson era la mecánica
de barcos que trabajaba en sus yates. Incluso cubierta de grasa,
Tasha Lowell lo excitaba.

Aunque una aventura con su jefe no formaba parte de sus aspi-
raciones profesionales, cuando un saboteador puso en su punto
de mira la empresa de alquiler de yates de Matt, Tasha accedió
a acompañarlo a una fiesta para intentar averiguar de quién se
trataba.

Tasha era hermosa sin arreglarse, pero al verla vestida para la
fiesta, Matt se quedó sin aliento. De repente, ya no seguía siendo
posible mantener su relación en un plano puramente profesional.

Bianca

Para asegurar el futuro de su país, Rihad debía reclamar a Sterling como su esposa…

LA HEREDERA DEL DESIERTO

CAITLIN CREWS

Sterling McRae sabía que el poderoso jeque Rihad al Bakri quería reclamar a su hija como heredera de su reino. La niña era hija de Omar, el hermano de Rihad, su mejor amigo, y había sido concebida para protegerlo.

Pero tras la muerte de Omar ya nadie podía proteger a Sterling y a su hija del destino que las esperaba.

Cuando Rihad la localizó en Nueva York hizo lo que debía hacer: secuestrarla y llevarla al desierto. Pero esa mujer directa, valiente y hermosa ponía a prueba su voluntad de hierro, remplazándola por un irritante e incontrolable deseo.

8